ちくま文庫

先端で、さすわ さされるわ そらええわ

川上未映子

筑摩書房

先端で、さすわ さされるわ そらええわ　目次

先端で、さすわ　さされるわ　そらええわ　7

少女はおしっこの不安を爆破、心はあせるわ　21

ちょっきん、なー　37

彼女は四時の性交にうっとり、うっとりよ　81
象の目を焼いても焼いても　97
告白室の保存　111
夜の目硝子　141

カバー作品

鴻池朋子

『己の前に立ちあらわれるすべての純潔、すべての無垢、
すべての清楚を手あたり次第に踏みにじること』

2004年、鉛筆、水彩、紙、25.6×36.4 cm

カバーデザイン

名久井直子

先端で、さすわ　さされるわ　そらええわ

一日は憂鬱でありやくそく、叱責でありときどき逢瀬であり、自分と同じでかさ質量のずだ袋を引きずって、ずーるずーる歩く行為であって、それがわたしのコーヒーの飲めやん癖とどう関係してるんかということはまったく考えたくないなあ。

電車にのったら顔中にポン菓子の乾いて甘いであろう粒粒をつけてる人がいて、しんどなる、わたしはってゆったら昨日の夜中、でっかいシイタケの毛の長い、毛というのか、茂ったヘタ、ヘタというのでしょうか、茎、それを、さこん、さこんと切ってるとすべてが黙ってる、それは夜の帰りみち、夜じゅう、その夜のすべてにろくの匂いがずっとして、3月6日に拾ったからろくという名にしたのです、その匂い吸い込むと匂いはおでこの裏の広場に溜まってはにじみ溜まっては鼻の穴のあたりでじんじん身を震わせ、いろんな映像をかっしゃかっしゃ見せてくる。犬の匂いろくの匂い寝るとこにしいたったタオルの匂い、紐の匂い、目をこらしたら犬の匂いが時制をとんでなんとなく犬形になってこっちに走ってくるんちゃうん、わたしはろくを、立体の、見えないろくはわたしを、忘れてもうたかな、わたしを恨んでるんやろな、さこん、さこんてわたしはシイタケの毛茎を切っては落としてそれを指先でつまんでじっとみる、しろい毛しろい小さな足、嚙んでみるけど味はしやん、生きてたろくの足は名状しがたい匂いがしててそれはポップコーンのちょっときつい感じやったけどやっぱり名状はしにくい匂いでよく揉んだもんやった、多分死んだろくの足は最後匂いを失ってこんな風になったやろう、まるい毛茎はまるい足、そして眼前やはり懐かしい犬があらわれる、犬の足は賢く無言であって、わたしをじっと守っているかのような親密な沈黙が、なぜ、わたしは真夜中にこの犬の足を犬足を犬のこの深く茂ったクリーム色のつつましい重力を、さこん、と切り落とさねば、ならないのか、やんなってまうそれは、閉じたまんまの本の中で笑ってるんやと思うとひどい嘘を思い出してんのに、鼻の穴は身震いをずっとつづけてる。

怪我をせんように、癇癪を逃がすようにって方法を冷静な部のわたしはいつか準備をした、ビニールに先に皿を入れよんねんな、それを壁に叩きつけるあのみじめさって2分ずっと続いて、ま、すぐに忘れるからいいんですけど、情けない、ま、どうにもならんのが痛いとゆやかゆい、なあかゆいってほんまはそんな感覚ないって痛みの一種やっていうけど、だって実際かいいねんからかいいでいいやんな。

腎臓がわたしにしっかりとした意識を持ちやというので、わたしは泣きながらそれは出来ん不可、不可不可やと腰を持ちあげ布団に押しつければ女子の先端がずきずきと痛むのでトイレに出かけるのもおっくう、ほんならトイレに三島を持って帰りこの人、睨むはあっても睨まれがなかったのではないやろかと先端に話しかけてみる。お話やお喋り親切こんなにもリズムで楽しいのにな、様式が美様式が出口をしこたま可愛がって抱きしめてやっぱ離さんのは誰のせいでもないんやろうけど、編まれてゆくのはいつだって交渉ではなく告白やった、白の、橙の、濃紺の。してもその巨大な余白は埋りんくて、なあ果たして美文がなんであろうか流麗比喩がなんであろうか不意に笑った顔がとんでもなしに素敵じゃないか。

コンビニになんかを買いに行く途中に夜がきらめいておって、正しくはあれなんやったっけ、電灯じゃない、信号、信号の赤ってあんな奇麗やったろか、あんなにでかく？　潤んだにおいをずんずんと嗅ぐと風がぶわんと秋やが、気持ちはやっぱりにおいの氾濫、春の夜は恐ろしい、それは桜の森の満開の陳述に漏れることなく記されてんのが全原因やって誰かってきっとそうやろな、特別や運命はもうちりぢりやから譲ったり。よだれがでるのも頷いたら自分のたるんだ腹が見え、ああ確実にわたしは時間をやってる、時間とやってる、時間をやってるわと腹の波は丸く鈍い気持ちにさせるから鏡の前に立って見る、いちいちもれなく検分してみる、作ったように奇麗やなあといわれたことを思い出すのは女子のぱっくり内臓の濡れんち一個のまぶたであって、目を誉められるのと似た気持ちになる理由は不明、や、不明でええよ不明でええわなんとなくうす桃ぼんやりした気持ちになって我慢強くこすってみてもなはんかなんかが過ぎ去ってしまってることを知って1分みじめな気分にもなるもんなあ。いちいちの、ゆつゆつと仕組まれた言葉の確認に、女子の先端は、いっつも充血するんであってそれは膨らむんであってあれはいったいなんであろうか！　これは！　ときどきわたしはわたしに、そそり立つ女子の先端が、立派な先端が、挿入にたえうる先端があって欲しいな1日ぐらいでしかも大きく粘土で作ったみたいに愛しいやつを、渾身の機能を、ぱっちりお化粧巻き毛の文盲女子にそれを入れてこすってみたいなと多少本気でうっとりしても叶わんなあので食べる食べる。

ああ及び世界中に実行を行う会談競争、恋人戦争、団欒彷徨どれも言葉にしてもうたらええやんか、そしたらわたしら公園行って、寝転んでなんかしましょうよ、なんなんという世界の目、わたしを悩ます。隣人笑かす卒倒を促すもの云い、遊びを悩ます。すべて自分以外の目論見に黙っていれば美しいので美しければ沈黙を。煮えたつ静けさが長い不在に気を配るなら眠らないでくださいわたしを置いて。さみしい夜に蚊が飛んでくる、静かな夜に蚊の音が夜のすべてを勇気をつける、蚊の音がずっと聴こえるように布団から顔を出してる。なあ、蚊、お前にもおかあさんはおるん？　お前にはおかあさんがおるん？　お前もおかあさんになるん？　お前とわたしはほんまのところ、何がちがうん？

空前絶後・空前絶後の響きありで前進の様子を彼にはみせたりたかったたな、行った事もないのに懐かしゅうあるこの嘘っぱちが、目を一瞬生き返りの衝突をなげく小林秀雄があまりの一流好みの饒舌者、もっとどんどん言語に美学のいろはを！　婚儀を！　熱狂に駆り出される生活の両うでと両あしを！　何かが何かについて語るとき離陸してゆく小林の酔っ払いのぐにゃりった覚悟が俄然輝きましましそこいらの自同律とにせもんをさとす、ひゅー、形式と保身と攻撃が大好きな君らのほんとの大好物はなんですか。ざぶざぶ水には濡れんようにしながら水中での出来事をあーだこーだと語る君らの顔の血色の悪さ人込みの多さ、きゅうりでも食べり。君らの座ってる椅子はどこ製なん、誰が何についてどの真剣さで、ま、傍観者の都合主義はつまるところどうでもいいやろ、いいけど、まあまあするめでも食べり。よう噛み。せせらって笑うこと、わたしにはわからんねん、わたしにはそんなふうな安全確保の趣味のよさか悪さはまったきわからんからそんな君らと知り合わない。

べっこの宇宙了解を生む、べっこの宇宙了解を生まん、それすなわち目と言葉、この固形、は、いったい誰の問題であろうかしかし分然、追えば放心が高くなってって、あの最中でどこまでもどこまでも注がれたいのは、どこのせいなん。何が満たされるのだとしてもそもそも器がじゃじゃ漏れのこの事実はどうしてくれよう、や、どうして。この、どうして。なんで、なんで、好きな意味、わたしがいっとう好きな意味はどうして、わたしが9年前に抜いたでっかいでかい親知らずを吸ったり触ったり検分することのそわそわしさをわたしは指先にあると思うのです、たわしよろしゅう縮んだ髪の毛をわたしが物心ついたときから追いかけてるこの情熱は髪の毛にあるんか、やっぱりこれも指先にあるんか、毛根や毛穴を見てると息がふわあっとあつくなってゆく、ぷっと爪に挟まれて飛び出る脂肪、ああと、あつく、女子の先端に話しかけるわ、何か書くつもりで涼しくパンツだけで部屋に座ってると毛の検分で2時間がぶったつ。抜いた毛はしばらくすると細くなって面白くなくなってちり紙のうえで死んでゆく、おおよ艶としていたさっきまでの命は毛から失われてしまうのです、ぐいんぐいんとしていた髪の毛いっぽんさようなら。これは悲しい、ならば即座に補給しい、毛を補給するのや、や、おとといの樋口一葉の形相みらはりましたか諸君あの決死みらはりましたか、どのよな覚悟で言葉の無性に飛び込んでいったのかそのド選択に比してそんじょヒエラルキイが誤字脱字なしが究極の一年がなんであろうか森鷗外の最敬礼がなんであろうか、文字のうらにべっとりと分厚いあのそもそもの言葉への契り告白なんやかや、馬力ひらいてゆく苦しみと作品の乖離を無言できっとみつめるその目以外にいったい何も要らんじゃないか、伊藤野枝が剛毛まゆげで踏みこんだソックスの薄まる青のひらひらよりも、睨んだ顔がほぐれた布団が、栄とのずぶった生活が、重量的でとっても意味、午後に足の爪を切りながら間違えてぷつんと赤い血が飛ぶ、ひょおおおっと思うが痛くないいしいいいもの。

真夜中、ほんまの真夜中に、視線が背中に食い込むん感じて振り返ると幼児のわたしが泣いているではありませんか。話しかけても無言話しかけても無言でだんだん悲しくなってくる、はれまこんなに小さかったけか幼児対応のわたしは襟のだるだるにゆるんだ青いタンクトップを着ています、そうや光子ばあちゃんを待ってたんや光子を、いつだって我らの光子を、角屋はうどん屋、だから今さらにうどんは好かん、おなかがいっつも減ってるねんの記憶。ねこのジョンをかじるんやったら夕暮れ、散歩に出かけながら入院について思いを巡らす。女子ごと意識するとは気持ちがどうなることで、意識されてる、あるいはしてるということになるんやろうか不思議。ふとももを触られたくなるとき、相手の唇を意識しながら見て話すとき、ぴゅっといったあと、何もかもに置き去りにされて心と体がふちだけになってしまうでしょう、ほんまにそうとしか云いかたがないでしょう、ほらみてよわたしいま、達したいま、抜けたいま、わたしの真ん中どうなってるのか答えろ答えて目をみてよ、何が入って何が出てってこの事態になるのですか、なあなあ、この、輪郭だけになってるこれがみえますか、なにがみえるん、なあすべて、この今どうなってるのですか？　なあ顔、顔はある？　真ん中どうなってる？　何もかもがこのがらんどうのわたしの体を抜け直ちに、直ちに、何もかもが押し寄せてぬかるんで慰めあうこの結ぼれが、こんなにこんなにきれいで不安で今死にたいたった今死ねたらのこの大合唱、なあ、これはとめどもなく繰り返されてきた去来であって言葉も態度ももたれへん、わたしは吐くみたいに、誰にも誰にもばれんように泣くしかない、なあ、こんな時にも女子の先端は膨らみ続ける、どうせやったら握れるくらいのでかさになれよ、なあ悲、この悲はいったい誰の悲なん、君らの出自に異議はないけど、このたった今、ぬんとした男々と女々を持つ人間が器のなかでどうたらの滑稽のどうですかっていう無粋は命がけの人のする仕事ではないのであって、そんなもんにもう人類は気はうごかしたらあかんよ、野菜でいうと火曜日たまねぎ、土曜日菊菜、水曜には万能ネギというようなもんで、なあ、スーパーはちょっというけどあれは危険なところやで、歩き回るたんびに自分の体が小さくなるねん、どれでもええしどれでもよくないが、あらゆる肉がスライスされて並んでいるあの非常事態をどうやって、ま、そんな形にようなるなあと人ごとの感嘆、ともすれば女子の最後の言葉はいったいなんであろうかな、それはきっと、とんでもない。午前中は顔から毛の生えている哺乳類に引け目を感じるわたしの部位を最終的におこったるねん、どっちにしても替えは利かんがすべて、すべてが、たいしたことでもあるめえ。

ああ腎臓は人間のもっとも新しい臓器ゆえに不安定でな可愛いな女子の先端と綿密に連絡をとりあって、せいぜいお水の流れを清くして発熱だけは避けてほしい、や、発熱も可それは可、極端であってくれさえすればわたしはなんでも受け入れよう、健康でさえあればでっかい声帯とでっかい膝の骨をもちわたしはどこでもあらわれよう、春の登場、別れの増進、わたしは奥さんの咳であったし真っ青な顔の美しい結核奥さんは今もどこかで黄緑の咳をしていてわたしはそこにあらわれるんです、ほいでときどき膿みにもなって美しい奥さんの歯茎にたまる。静脈管の中やってゆって油断したらあかんがなってわたしは女子全般にそれだけをもうそれだけをことごとくいい続けたのに、そろいもそろって甘ち考え、あ、美しい、あ、また気がつけば沸騰するコーヒーをみていた、寝転べば埃にまみれた床、極小の天道虫が羽を広げる瞬間やった、光もごめんも思い出も、全部を抱きしめられるような気がした、ごご、と音をたてて夜が終わっていくのをみた。何もかもが不確かで何もかもが美しすぎるんがなんでそんなことがいつまでたってもわからんねんなって花嫁は口から泡をぶっす飛ばしながらさしまくる、んでときどきさしまちがえたりさされたり、感激する、涙がでる、動けない、動ける、なんら言葉っていう額縁と心を持ちながら、誰にってていうわけでもなくって、徹底的に観念、観念でぐっちゃちゃぐちゃとうねうねとに発露するしかないこの、あらゆる決まりごとから自由であるいかれこれのなんやかやは、泣きながら一体何を食ってきて笑って、これからまだなにを食って、逞しく何のために育ってゆくんやろうって、ねえ、わたしのいっとう好きな意味は、どうして。

少女はおしっこの不安を爆破、心はあせるわ

　蒸す朝の、床にはきっとなにかあるものよ。電源のわき、不愛想な麵のような足もとのコードは、行き来する錯誤や主張や秘密などで燃えながら膨らんでいるのですが、その横で、人に見られんようにして本のなかに線をひく女学生のような頭をして、銀スプーンはいつかのヨーグルトで白く干からびつつ、いつからか転がっているのだった、を見て、それは詩の骨のよう。しばし不透明な寝言のように眼球を落としていたのですが、思いついて手にとってみるとスプーンの先には雲がからみついているので、あ、こんなところに、と思うもそれは埃。電化製品回収はお古お古を頂戴よという女の声が窓からにじんでくるのが、口調問題について考えぬわけはないわたしにとっても、いよいよそれら疎ましくて、こうなればいっそ銭湯に出かけることにしたので、洗髪剤、石鹸などをビニル袋につめてタオルを首にかけ自転車を発進させようとして力んだ途端、脛にペダルがぶつかって静電単位が瞬きする。痛いがしかし、あ、ほんまに、青いわ。きれいやねえと云ってみても今日現在この町にはひとりも友達がおらん。わたしは動くことをやめたのです。持ちうる底からの反応を、やめたのです。こうしている間にも目を閉じてしまいたいけれど、そんなことをしてるとまつ毛がからまってゆく気がして最近はどうもね。目をつむってじっとしてたら気持ちはいいけど、さあ今度は起きましょかゆうて瞼を開けたくなったときにはこれ、このまつ毛らこんがらがってリリアン状んなって刺繡糸のごときにそれは人の役に立つほどの立派な編みこみとなり売り物になり、わたしの手からはどんどこ離れ、なんというか手遅れとなってついには目が開けられなくなってしまうのだと思ってしまって眠れない日が無垢無垢と発達する。なんてこと、あらゆる感想を放棄したはずのどの口がゆるむのか、心はあせるわ。

銭湯は現在四百円を番台の受け皿に置いて通過するのも照れる、照れるが今までだってこうして生きてきたではないの。湯につかってきたではないの。友達同士にしては厳しすぎる仕打ちにうなだれたあの日々を突然に思い出しながら下着をとって、鏡を見ないようにして、ドライヤーの脇をすらっと抜けて無意識に愛想するあまり体重計に乗ってしまいそうになったわたしの手首を摑んだのは可愛らしい女の子どもの視線。目が手首で転がる。少女の両手はその母親らしき女に摑まれていて誰とも口をきいてはいけないという調印があるのであろうなあ、そしてこの少女は口をきかないのだったから、合う目合う目と出逢えば逃さぬようにして、素早く瞬きをばちばちと繰り返し、それを受け取ったわたしも素早く礼儀を半分としてばちばちを返す、年齢は九歳と五ヶ月、乙女座、豆乳が最近飲めるようになった、幾度かそんなことを繰り返すと我々は友達になれる気がしたのだったけど、それでいて青底の春の決別のような朗読の雰囲気も生きており、や、こんなところにも静電単位が。こんこんこんとスーパーボールのように跳ねまくり、ぼーっとしていると、や、これは滅法に増えてくるではないか、ちょうど一個が胸のところまで跳ねたので手のひらでとり「一個いります」と少女にきいてやったら母親が「いらん」と答えるのでこんなことでは日が暮れてしまうことも十分に有り得るわけで簡単ではないね、わたしは面倒くさくなって湯気と湯気以外を隔てる一枚の、黄土色に変化したふちに囲まれたガラス、音を立てながら左に転がす。

ひとつしかない四角い木枠の湯ぶねには、ゆわった白髪の老女が浸かっているきりで、よく見ればそれはさっきの少女の母親の顔をしているのであって口のまわりも中身もあかい、わたしは母親の顔、一番目立つ鼻のわきの皺にお辞儀をする、にっこりしても皺はぷくりとも笑わんし今日も無視かと思いきや皺は大きく息を吸って「わたしの娘は信号を見てお母さんゆうんですよ、もお何年も、ええそら何年もよ。信号で足が止まるたんびに云うんですわ、あ。お母さんや。ゆうて。口あけて。嬉しそうな顔して。わたしに云うんですわ、見てあれがお母さん、ゆうて。指さして。お母さんいつからそこにいてるんですかーゆうて口ぽっかー開けてゆうんですわ。ねえ人間が一生のうちに信号待つ時間てどれくらいか知ってはる。どれくらい信号のまえで待ってるんやと思います。朝から晩までおしっこもいかんとどれぐらい待ってることになるんやと思います。半年でっせ、半年。ほおら半年ぶっつづけで娘に見つめられるのは嬉しいんかなんかどうかもうわかりませんけども確かにわたしは所々が赤いし青いけど、わたしかって好きで信号なわけやないんです。みんなが信号あったらええなあいうからいつの間にか信号になったんですわ娘の頭ん中で。ほんでわたしは信号になるだけとちゃいまっせ、わたしは標識にもなるし小学校の黒板の上にも飾られるしゴミ置き場のダンボールにも書かれるんですわ、そら娘の頭の中ではいっつも」母親の顔をした老女は三角の赤い口で湯を飲んでいるのだった。飲みながら母親の顔はゆっくりと沈んでいくのだが、さっきまで穏やかだった湯面のそのふちから幾つもの小さな機関車が発車して、間隔の正しい笛の音と膨らみ増える熱い水蒸気のせいで、その消滅の詳細はいつもみえない。

順序良くタイルとかかとの隙間あたりから泡立てようと石鹸を腹の上で探すとさっきの少女がはいこれと持ってきた。きみの母親は、と訊くとここで待っておくようにとのこと、そしてなんや口がきけるんやないの。別にいいけどなんでさっきは喋らんと目だけばちばちで会話したん。あたしはお母さんがいればお母さんがいるので話す必要がないの。あたしが何を感じるかよりも何をすべきなのかをお母さんはいるだけで示してくれるのよ。でもお母さんが今みたいにいなくなるときもあって。なんだかこう、生まれるまえの気持ち。でもいつだってうまく云えないのよね。こうしてると寒いから。とにかく湯につかろうつかろう湯に。少女ははしゃいでわたしの手をとる。湯には我々ふたりきりで、肩まで浸かるも湯には色がなく、少女は体が小さくてわたしは体が大きくて差にどきどきと脈。さっき目で挨拶と少しの自己紹介を交わした我々が湯の中に並んでいるのはただそれだけのことだったけど、その心地よい不思議のまわりにみっちり湯がはりついて、すべての乗客を待つ親密な電車の集中で我々を暖める。少女は賢そうな鼻をしていて肩の少し上で切りそろえられた髪の先は翻訳のように礼儀正しい調。梅雨時の正装の黒目を下にやりながら、迫力欲しかったな、おっぱいに。それからあたしたち友達になりましょうよ。なってくれる。あたし友達がいたことないの。思わず、うん、と返事をすると嬉しそうに笑って細い指で握手めいた。それから我々は立方体を交互に積んでゆく三十分を工場の話やら模様の話やら盗人の話で満たして、互いの頬の細胞を指でこすって湯のなかに落とすことに懸命になった。さっき打った嘘の返事がちらりと睨むも、そんなことをして湯に浸かっていたというたったそれだけのことなのに、人を肌理で感じるということはもう長く味わってなかったこの感触のほぐれてゆく心地のするこの安心は何なのだろうねこれは、わたしが追いかけるものを摑まえられないでいると、少女は頁がめくれるようなのびをして、わたしの目を見つめに見つめ、あたしたち友達よね。友達のあなたに読んでおいてほしいものがあるの。今はまだあんまり時間がないからここでちょっと失礼します。すると発芽から花への長い動きを高速で閉じこめた記録映像のように少女の顔はゆっくりと一冊の分厚い帳面になり、濡れた髪の毛束の先が指のかたちになって、銀色の表紙を素早くめくり、風に飛ばされるように勢いよく頁はめくられ、半分あたりでぴたりと止まった。

緑色のペンで　湯の中でおしっこをしてもいいお母さんしてはいけないお母さん／どうしてあたしはいけないお母さんの子に生まれたの／赤と青の目点滅させてお母さんは云いました／おしっこを湯ぶねでされたら誰でもみんな厭でしょう／だからそれは駄目なのよ／でもあたしお母さんにいいました／もし誰かが湯ぶねの中であたしの横でおしっこをしたとしてもあたしはそんなに厭じゃないかも／お母さんは首をふる／それでもいつからかそれはいけないことだとわかっているから／みんながいやな気持ちになるのは知っているから／ここではいけないことだとわかっているから／あたしはおしっこやめました／湯の中でおしっこする

のが特別気持ちがいいとは思わないけどあたしはときどきこっそりとやっていたおしっこを／あたしはお母さんにいわれてやめたんです／それから毎日苦しくて／いいえおしっこ出来ないことが苦しいのではないのです／お母さんにいわれたことでやめているそのことが本当に苦しいんです／おしっこをしない人は〈したくないからしない人〉と／〈したいけど怒られるからしない人〉の／ふたつがあるって思うんです／あたしは前者がうつくしい／あたしは後者が汚らしい／お母さんの命令でしないでいることが愚かしい／たとえおしっこをしないでいても／本当のところはおしっこが出来てしまうあたしなら／お母さんを恐れてしないでいるあたしはいったいなんですか／なぜ人を殺してはいけないか／少しまえこのなぜころ問題にずいぶんと／お母さんたちは悩んでいたけどおしっこだってそれとおんなじ問題です／もっと毎日の問題です／お母さん／お母さんたち

はどこから来たの／そしてあたしはどこからきたの／お母さんはあたしより／強くてあたしを見張っているけど／お母さんがいうように／本当に誰にとってもぜったいにいけないことがあるんなら／どうしてそれを出来てしまうそんな人がいるんですか／あたしはそれがとっても不思議／本当はあたし／おしっこが出来てしまうのです／お母さん／本当はこうじゃないですか／誰にとってもぜったいに／いつなんどきだってぜったいに／いけないことやいいことなんて本当はないからみんなが困ってあたしたちの小さな家にお母さんを寄越したんではないですか／ねえお母さんどうですか／お母さんたちをつくったみんなって誰ですか／お母さんは気分や時代や国で変わるけどあたしは気分や時代や国では変われない／あたしはお母さんの子どもなのに似てないところが多すぎます／あたしはお母さんの子どもなのに似てないところが多すぎます／あたしはいつか爆破した

い／あたしとお母さんの似ていないところをすべてお母さんをすべて不安をすべて／お母さんの命令で行為するあたしのすべてをいつか爆破して／殺せば怒られるから蟻を殺さないあたしじゃなくて／殺したくないから蟻を殺さないあたしでいたい／あたしはあたしが〈したくないから〉おしっこをしないあたしになりたい／お母さんがいなくても湯のなかでおしっこをしないあたしになりたい

わたしね、お臍の位置が人より四センチも低いんだあ本当なんだあって喋りながら大丈夫、裸にならない限りわからないよともたれ合いながら声を響かせて幾つかの女子のカップルが湯気にまくれて入ってくる、影のない固い膝、文字を載せられる前の封筒のようなふくらはぎ、その足足に紛れて少女の母親が服を着たまま湯ぶねにむかってやってくる、靴でかかとをくるんだままでやってくる、あ、来はったで母親、といいながら少女の帳面の顔を見れば銀色の表紙はびゅうと閉じられ、しだいに表紙は形をつくり、少女の顔へともどってゆくのだったから、指の役割を終えた髪は肩のあたりまで縮まって収まって、口はぷっと一本の線になり目は偶然に流れてきた見知らぬ土地の名前になり、その字の組み合わせはきっとどこかで見たことがある気がするのだけれど、それはどうやっても読めないのであった。母親は老女の体つきではなく、水色のスーツを着込んでつるつると滑るようにタイルの上を高いかかとを響かせながら歩いてきて、少女のふたつのわきに両手を入れると別段力を入れる様子もなく軽々と持ち上げてざくざくと水を切って肩に担いだ。少女の顔が少し前まで帳面になっていたことがばれないといいなとわたしは何となく思うのだったが、母親に担がれた少女は今となっては何で出来ているのか、わからなくなる、母親の鞄のようにも見えるし詩のようにもみえるし、けれどもどこからともなく固くなり始めているのだけはわかるのだった。はじめて見る数組の女子のカップルは湯にはいってきて浸かりながらしりとりを始める、お願い誰か帰ってきて、て、てなことは決して云っちゃ駄目だよね、ね、寝るための機械の設置に餅がわや、や、や、や、蠟人形なんて見たことはないけれどきっとそれはこのような硬直でもって実を晒さぬようにとても個人的な呼吸しているのであろうな。蠟の少女の手足は曲がるべきところを忘れて真っ直ぐとして、母親に抱えられた胸は四つ折りの画用紙の平らさ白さ、母親の肩の上でその顔もどこも白かった。わたしは大丈夫、そのうちちゃんと膨らむよとおっぱいのこと、目をぱちぱちさせて云ってやったすぐのちに、さっきの帳面について何か云えばよかったかな、が頭をよぎるも、あの種類の一瞬は難しくしかしその刹那、少女も目をぱちぱちとさせて何か云おうとしたけれど、母親はわたしのほうをちらとも見ずに湯気が湯気以外に吸い込まれるように瞬きかつかつと出て行ってしまった。少女のぱちぱちを聞き逃したことがたったひとつの電球の突然消えてしまうあの恐ろしさ、さみしいことに思えて取り返しのつかんことのように反射して、わたしは少女にまた会える約束がないものだから慌てて湯から飛び出し回転しながら後を追ったが、本当は追いつく気持ちもなかったのか、消えたり増えたりして前進を阻む湯気を抜けて表に出ると、母親も少女ももう何もない。

静電単位を数えながらかつて胎児がその冒頭で万象の一切がおそろしすぎるあまりにクールすぎるダンスを披露してしまった思い出も今では懐かしく最近はどうもね。色々な場面が立体裁断の形で覆ってくる。わたしは湯冷めしきった体で自転車に鍵を突っ込んでさまざまな裁判にむけての人々の思惑がふわっと風にのってきて耳を撫でたりもするけれど、わたしの体には今、熱が入っていて文字なんか読めないし音もあんまり聴こえないのだから、銭湯に行く甲斐はこんなところにも満ち満ちと。あらゆる形状の肌理の途上で、湯の細胞のつなぎめで、剝がれながら排水溝にのまれながらなおも生成してゆくひとかけら。去年の九月、感想を置いて走って逃げたはずの色々がまだ意味めいて最近はどうもね。銭湯をはさんで、蒸す夜の、風にはきっとなにかあるものよ。湯の中の少女の爆破は論理上の大困難、緑色のペンでは書ける所と書けない所があるのです。足元にはまたヨーグルトでか細く縛られ眠っている銀スプーンは枯れながら、いつからか転がっているのだった、を見て、それは詩の骨。思いついて手にとってみるとスプーンの先には埃がからみついているので、あ、こんなところに、と思うもそれは雲。心はあせるわ。

ちょっきん、なー

耳のうえでしばらくそろっていた直線は、二十回ほど鏡を見れば、簡単にばらついてくるのです。この、かつてまっすぐだった直線は銀色の鋏が作りました。その銀の、薄くとがれたななめの面が重なるところに、わたしの髪はわたしの母の指先に束にされて、入ってゆき、断たれます。断たれた部はみずみずしく肩から下に、円錐状にかけられた白いケープのうえをそれぞれのおもさで滑ってゆき、つぎつぎに床に着地します。ときどき、不完全な、発達途中の貝のはしっこのようにまるくなった耳部に、奇妙な音を立てながら動くその銀色が触れるとわたしの首筋は粒だち、それから雨が降るように、皮膚のまるみからいっせいにこぼれてゆきます。

どうして髪は頭にはこんなにたくさん生えてるの、と、わたしは母にきいたことがありました。体の中のどこ見てもこれほど毛の生えてる場所はほかにないし、こんなにびっしり頭蓋骨の輪郭にそって黙って、生えていることが、なんやおかしいし、これは誰かの命令であるかも知れないとか、誰かが望んでこうなってるというようなことにも思えたのです。母は、頭にはたぶん人間にとって一等に切実なものがつまってあるんでそれを守るためでしょうよ、と云いました。人間は何から頭を守る必要があるのか？　わたしは再びききました。それは、たとえば、落下してくる物とか眠り風とか、それからやっぱり善い悪いをうっちゃった暴力とか、そういったものからでしょうよ。でもこんなに髪が密集してあると、ここが一番な部ですよと、遠くから見てもわかるくらいにこれはとても黒いのだから、かえって目立ってしまって危険やということにはならないのか？　さあねえ、いろいろは知れないけれども、でもそれを目印にして頭を狙ってくる暴力にも頭はあるはずだから、狙うときは自分の頭も狙われているのということになるのだからその暴力については心配しないでいいんじゃない、と母は云って、それからエプロンを外して家を出て行ってしまいました。

耳のうえでしばらくそろっていた直線は、二十回ほど鏡を見れば、簡単にばらついてくるのです。それを数回繰り返すうちに、髪はすっかりわたしの首を隠すくらいの長さになってしまいました。そしてまた少しすると胸あたりまで伸びて、目をまっすぐにあけていても、そのはしっこにいつも黒いものがちらちらと揺れるようになりました。首や肩をしっかりと隠すまで伸びた髪は、しっかりとわたしの肩にのっかっていて手であつめて束ねてみると蜂蜜の瓶の口くらいの太さになります。わたしの髪の毛は一本一本がシャープペンシルの芯みたいに太いのにシャープペンシルの芯みたいにはまっすぐじゃなく灰色でもなく真っ黒で、まるでひねられながら無理やりに生まれさせられた姿をしていて、試しに一本を抜き取って目に近づけて焦点をぐっと合わせて見ると、表面がぼこぼことして落書きみたいな角度で折れ曲がったり、太さがところどころで違っていて、ささくれだち、薄くなったり濃くなったり、中身が透けて見えたりするところもあって、全体としてぎゅっとしています。そんな髪の毛をお風呂で洗ったあとにそのままにしてると、それはどこまでもどこまでも、左右に、前後に、かたまりとしてぼわぼわ膨らんで、広がってゆきます。最近は母がよく、たわしのようだわ、と云いながら、それにしても髪には熱が大事なのだから、と、焦げた匂いのする騒々しいドライヤーを頭の中にいれ熱をすりこみ、指で引っぱるようにして上から下に何度も何度もすかして向きをそろえようとします。そんなことをけっこう長い時間やっているために疲れた母はため息をついて、こうなったらまた、切らねばね、と短く、云うのです。そんなとき、母の指の運動と母に与えられる熱によって、みんなでかたまりでいることしか出来なかった髪には無数の線が走り出して、髪の毛の一本一本は自分たちが一本の髪であったことを思い起こさせられて、めいめいに動き始め、時間がそれぞれに流れだすのを感じてしまい、ぐねぐねと身をよじりだします。母には指と熱でひとつの流れを作ってみんなをまっすぐにしてやろうという魂胆があるのに、そんなのはおかまいなしに髪の毛はどんどんに好き勝手に広がっていってしまう。母は、大きく口を開けて忌々しく舌打ちをし、これはたわしだわね、と云って、ドライヤーの線を抜き、布団に入ってしまいます。残されたわたしは鏡のまえに立ってみると、せっかく母に熱を与えられながらも母の思惑を逃れてさらに全体に大きく大きくなったわたしの髪はしかし、たしかに洗い立てで何もしないでいるときよりかはなめらかになっていて、熱を与えると髪の毛は少しだけ光りだすらしいんです。この少し光っているのを、いつも、母がちょっとでも見てくれたらいいなと思うのですが、光りだす頃にはいつも母は真っ暗な布団の中に入っているので、母はわたしの髪もこのようにしてうっすらと膜のように光るのだ、ということを知りません。

わたしはそんな髪をひとりで鏡で見ながら、耳のうえにしばらく直線があったことも、断つ銀色もとても気に入っていたけれども、こんなふうに膨らむのもそれと同じように悪くないなと思うのでした。そしてこんなふうに髪は自然に様変わりするものなのだから、本当は切ったりしなくてもいいものなのかも知れないな、と思い、だいたい首のあたりに髪の毛がうごめいていることが、なんだか誇らしげな、お祝いの日のような、そんな暖かな気持ちになってくるのです。髪の毛というものは母のいうように頭のためだけに生えてあるんじゃなくて、こうして人の首を隠すためにもあるんじゃないかと思えてくるくらいです。だって髪がかくすこの首の中にもそれこそ髪の毛のようにひしめきあってるものがあって、首は体と頭をつないでいるもので、ここにも密やかな内部がありますから。母は頭が人にとって一等に切実なもの、と云ったけれど、首だって同じくらいその切実に関係があるのではないかしら。だから首が髪の毛におくるみにされているだけで、このような気分になってしまうのです。

しかし同じ人であっても、男の子で首を髪の毛で隠してる人はそうは見ません。なんで、と思うと、きっと男の子だって本心では首をかくせるのなら首をかくしてみたいと思っているのかも知れず、そもそも子どもは自分で髪の毛を切ったりはできないのだから、そこには何かわたしたち子どもが知ることのできない理由というものがあるような気がします。でもそうすると、髪が長いことはこんなに気持ちがよいのに、どうして、これまでに母がわたしの髪を何度も短くしたのか、その理由がわからなくなってきてゆっくり頭を振ると、これはのりをつけられる筆のようでもあります。わたしは畳の部屋に行って、寝転んで目を閉じて体を一本の筆にして、そこになにか書いてみようと思うけれどもそのときに書きたいと思える文字はなにもありませんでした。それから飛びあがって、暗くなっていたので明日に必要なものをランドセルにつめて、枕をとりだしてたたきましょう、それは起きたい時間のおまじない、それが六時半なら六回と、やわらかいのをひとつ。

いつもどおりに学校へ着くと、担任の先生が遅刻をしているのらしく、みんながそれぞれに騒いで大変にうるさい朝でありました。お昼を食べた後や小刻みにやってくる休憩時間には、運動場へ遊びに行くというようなことはもう誰もしません。思い出せば何の話をしていたのかがまったく思い出せないような話ばっかりをする四人の女子たちがかたまりになって、いっせいにおはよう、といつものように発声しました。わたしはランドセルを机にくっついてあるフックにかけてから、おはよう、と返しました。その女子たちのうちのひとりが、今日は一時間、とくとく。先生来ないんだよ、遅刻。といってくすくす笑うと、そのほかの女の子たちも同じようにくすくすと笑いだして、おなじ方向へ体を揺らしたかと思うと誰かが後ろを向いたりしてなかなかそろわず、その動作はまるで生きているようで、これではわたしの髪の毛のようだと思いました。そのわたしの髪の毛のような女の子たちの髪は、みんな首が隠れるくらいまで長く伸びていて、おそろいです。しかしわたしのようにどんどん膨らんでゆく形ではなくて、みんな均等に平たく収まって、面で、ひらひらとしてて、つややかで、肩のしたあたりですとんと切りそろえられていました。その切れ端をじっと眺めていると、その中の女子のひとりがわたしのそばに飛んできて、髪の中に両手を突っこみました。

——あなたの髪って、前から注目してたけど、すごいのね。

——わたしたちの髪の毛は当たり前に下に向かって伸びていくしかないのに、あなたの油でかためた綿菓子みたい。黒くて、ぬるくて、うねっていて、かたくて、絡みついてきて、頑丈。頑丈。あなたの髪の中に両手を突っこんでると安堵。満たされるっていうか、こんなような気持ちって、かつてなかったわ。

と、頰を丸く紅潮させて云うのでした。それを聞いて残りの女子たちも近づいてきて、つぎつぎにわたしの髪の中へ手を勢いよく突っ込んでゆきました。

——ね、なんだかとても安心すると思わない。わたしこんなしっくりとした気持ちになったことはないのだわ。

と初めに突っ込んだ女子はうっとりとした口調で述べました。

——そうそう、そういう感じ。ほんとにそうだわね。

と他の女子たちも口々に主張して、女子全員の手の計やっつが入りました。女子たちは、わたしから見て、前、右、後ろ、左、にくっきりと立って、肘をおなじような角度に曲げて、わたしの髪の中にすっかりぜんぶの手を入れてしまいました。

髪の中に母以外の手や指が入ってくることが初めてだったので、本当をいうと少しびっくりしたのですが、わたしは、ああこうやって、手は、髪がここにあればどんどんどんどん入ってくるものなのだ、それはそういうものなのだ、と思いながら目をつむって動かずにいると、なんだかぼーとして自然に唇が薄くひらいてゆくのです。するとそこから薄く吐き出されてゆく要らなくなった息と一緒に、何か少しだけ大切なようなものがするすると這い出ていってしまうような心細さがむずむずとし、けれどもそこから何が出てくるのか見てみたいという勇気のような気持ちとの両方が混ざり合って、じっと座ったままでいることが困難なことのように思えてきたのですが、みんなの手は髪の中に入ったままで、誰もそれをやめようとしないので、わたしもそのままを続けることにしました。

わたしたちがかたまってる横を誰かが乱暴に走り抜けた拍子に、机のフックにかけたわたしの鞄が下に落ちて、ファスナーにつけていたキーホルダーが机のあしに当たって、鈍いようなきらめくような高らかな音がどん、とひとつしました。その拍子に目をあけると時計が飛び込んできたのでそれを読むと、おはようを云ってから二十分も時間がたっていたことにはっとしました、でもみんなはじっと手を入れたままなので、わたしは首や頭を動かせず、目の前に立っている女の子の顔を見れば、まつげを少しだけ震わせながら目を閉じて、少しずつ体を揺らしているのでした。きっと右の女子も、後ろの女子も、左の女子も同じように少しずつ震えてるのだということが見えないけれどもわかるので、しばらくそのままでいることにしましたら、

前女子　どうして、こうして髪の毛の中に手を入れているとこんな気持ちになるのかを、考えてみたい。

左女子　そうね、わたしも、考えてみたい。

じゃあ考えてみましょうか、ということになって、先生がいないために自習と

いうことになったこの午前中を使ってそうすることになりました。
　午前中というものには、水だけを含ませた絵筆で、真っ白な画用紙にすうっと球を描いてゆくような感触があちこちにはりめぐらされていて、一日の始まりとその終わりが同時に起きてるみたいなものと、そのくせいつまで待っても何も始まりはしないのだ、というあきらめのようなものが主成分で、大変に嘆きかかっています。

前女子　だいたい、首というものはせっぱつまったものだわ。
右女子　そうね、とても切実なものだとわたしも思うわ。
前女子　ねえ。首を切られるとね、死んでしまうのよ。首。人間の体でここを切られると必ず死んでしまうっていう場所がほかにありますか？
右女子　頭を切るのは？

前女子　もちろん、頭を切られても死んでしまうと思います。でも頭には、髪の下にまだ頭蓋骨というものがあるから、単にその表面を切られても死ぬということはないと思うわ。なので首にくらべて守られてる感が強いわ。それに頭蓋骨はなかなか簡単には切れないですね。なにか工業的なかたいものでやらなくちゃ、頭の切実さは切れないけれど、首はほかのところと同じような皮膚で包まれているのでやわらかく、そのくせ重要な血管が通っているので、しかもその血管が切れると血がどうにも止まらなくなってしまうから、数分でもそのままにしたら体中から血という血がなくなって、ひからびて死んでしまうのです。

後ろ女子　血が、ふきだすの？

前女子　そうです。首にある動脈っていう血管は切ると何メートルも吹き上がるくらいに勢いがあってそれはものすごい。

後ろ女子　噴水！

前女子　噴水みたいにかわいいものじゃなくして。噴水の勢いで誰かが死ぬこともないし、第一に、噴水は止めることができるのです。管理人とかが。でも首からのこの出血は止めることができないのよ。

止めることができない、という言葉をきいて髪の中のどれかの指がぴくりと動いたのが感じられました。

左女子　……わたし、じつはものすごくこわいと思うものがあるのです。

前女子　なに？

左女子　えっと、みんながさっきから首の話をしているので、さっきから思い出さずにはいられないことがひとつあり、わたしは、首は首でも手首が恐ろしくってたまらないということです。

全部女子　手首！

左女子　そうです！　これは手首の恐怖です。

前女子　……確かに手首も首、ね。しかしそんな手首にも重要な血管が通ってるけれど、首ほどにせっぱつまったものではないはずです。自分を傷つけてみましょうという人たちが雑多な気持ちを手首でちょっと試してみる、っていうのはあっても、本当の首で試してみるっていうのはそうなかなかないんじゃないかしら。そういうところでも手首ってなんだか甘っちょろいものでそれに比べて首の取り返しつかない感。

左女子　そうね、それはそうなんだけど、

前女子　でも手首も首であることには変わりはないので。で、手首の、なにが恐怖なの。

左女子　じゃあ、話します……わたしは電車に乗って毎朝ここまで来るのです。そうするとほとんどみんながつり革や銀色の棒を摑んでいます。持ってるのです。転ばないように。あるいは人に当たらないように。にぎりしめるのはだいたいが男の人。そうだから目の少しうえにはいつも男の人の手首がたくさんぶら下がっているのです。電車が揺れたり、カーブをゆくときにそこに力が入ります。そしてその手首の裏には血管じゃなくてもっと色のない二本の、すじ、手首の、裏にすじのようなものがくっきり、うかんでいて、わたしはそれを見るのがとてもこわいのです。そのすじが。すじを見てると、ナイフなんかじゃなくても、お裁縫セットの小さな鋏のその先で、ちょっきと切ってしまえば、糸の切れた人形みたいにその車両でつり革をつかんでる男の体の全部を、一瞬でくたっと崩れさせることができるんじゃないかってそんなことを考えてしまうのです。それくらいその手首には力がこめられていて、すじはそれを発揮しています。それが目の前にずらっと並んでいるので、いつもわたしはお裁縫の小さな鋏でそれを切ってから走って逃げるところを思い浮かべてしまうのです。あの男も、あの男も、わたしの鋏の先端を少し開いてそれから人差し指と親指をくっつけるようにして勢いよく引き合わせれば、わたしは男たちを糸の切れた人形に変化させることができるのだとわかってしまう。けれどもそんなことはできないので、わたしは暗い気持ちになってうつむいたときに、自分の手首にもすじが二本ひりひりと浮かびあがって飛び出しているのを発見しました！　わたしは、わたしにもあるこれを、鋏でちょっきと切られることを想像して絶叫したくなりました。そして何よりも！　ぶらさがる男たちとおなじものが、わたしの手首にもあることが、忌まわしくておそろしくてこれはたまらない。だから、そんなおそろしい部をこうやって、髪の毛にじっと隠してると、わたしはすごく守られている気持ちになります。安堵です。すごく手首にとって、これは正しい受け入れられ方だと、少なくともわたしは思います。

手首。たしかに手首にも、首という名がついてあるように、そこをざっくりと切ってしまえばけっこう危ないってことはきいたことがあるわ。でもあなたは血管がこわい、のではなくて、すじ、のようなものがこわいというわけね。

左女子　そうです。

前女子　そして特にそれは男に関することだと。

左女子　そうかも知れない。

前女子　でもそれは、なにも男だけの問題じゃないかも知れません。わたしは実はわたしたちの手首にも、おそろしいものがつまっているってことを、ついこのあいだ知ったばかりなのよ。

後ろ・左・右女子　……おそろしいもの？……ついい、このあいだ？

髪の中の手はつばをのんでどれも静かに正面の女の子がしゃべるのを待ちました。

前の手　ついこないだっていうのは、先週の土曜日。午後にクラブがあったの覚えてるでしょ。わたしはあの、刺繡部で、でも、別にほんとに刺繡なんかしないでいいわけで一時間がふつうに終わってから一組の子、まあまあ隣に座る機会のある子と門を出るまで一緒に帰ったの。そのとき彼女から聞いたことを、今からしゃべるわ。手首の話。いまは髪の中にわたしの手は入ってるから見せることができないけれど、いい、みんなも髪の毛に本当の手は入れたままでいいから頭の中にもうひと組、手を置いてみて。想像しましょう。

想像。

前の手

ここに両手があります。で、その手のひら、ふつうの手のひらね、それをぎゅっと握ります。爪がおなかに突き刺さるくらい強く握ってこぶしを作ります。そして握った手の親指のつけ根、手のひらの一番下のとこと、その手首のちょうど交わるところを、もうかたほうの親指、親指だと力がうんと入るから、親指で力いっぱい押すとね、その境目のところに、小さなぼこぼことした丸い卵のようなものが浮き出るのよ。

左手・右手　卵。

前の手　まるきり、卵よ。

後ろの手　卵が手首から出てくるというの！

前の手　そこに卵があるっていうのがはっきりとわかるわ。わたしも見たのよ。自分の手首の中に卵が入っているのを。

右手　その卵は何ですか。

前の手　それはわからないけど。でも、話によると、これはなんでも統計的に、正しいことなんだって話。

左手・後ろの手　とうけいてき？　とうけいてき？

前の手　統計的っていうのは根拠があるってことで。本当だってことで、いいってことで。

後ろの手　そのとうけいてきに、その卵がなんなのかしら。

前の手　その卵っていうのは実はわたしたちがこのまま生きてればまあみんな大人になるでしょうよ。そのみんなが大人になってみんなが結婚をして、いつか必ず子どもを生むことになるのだけれど、その手首に出る卵の数っていうのが、大人になったときにわたしたちが生む子どもの数だというのよ。

前の手以外全部の手　子どもの数？　生む数？

前の手　統計の正しさらしいの。卵の数が子どもの数。わたしたちがいつか生む。

左手　でも、どうして、大人になってからのことが、こんな子ども時代のわたしたちにわかるのかしら。大人になったときのことが、どうして子ども時代のわたしたちに関係があるのかしら。

前の手　なんで関係がないのよ。

左手

前の手

大人になるまでにはたくさんのことが変わって色々なものが入れ替わるのだって理科で。毎日細胞が数え切れないくらい死んではは生まれてそれで何年か経ったころにはもともとのものなんてすっかりなくて、全部が総入れ替えなので、つながっているようなものはあるみたいにみえて、ないらしく。

でもいまこうして話してるあなたの手がどこかに行くというわけじゃないでしょ。一回すっかりなくなって、また新しいのが生えてくるってわけではないでしょう。毎日細胞が死んでるっていうけど、仮にそうだとして、細胞がどれだけ死んで生まれ変わって入れ替わっていたとして、あなたは変わらずあなたのままで毎日学校に来るわけだし、あなたは何も変わってないわけであなたのままだし、連続しているというのは疑わないでしょ？　そうしたらむしろ細胞の変化なんて本当のところはあなたには関係がないって考えたほうがスマート。なのでは。細胞とかの関係ないところで、わたしたちはこれがこのまま続いていって、大人になって、それできっと子どもを生むようになるんです。

でも。子どもを生まない女の人もいるんじゃないかな。わたしのおばさんには子どもがいないし、生む人と生まない人もいると思うの。生むのと生まないの、それも手首でわかるのかしら。ぎゅってそこを押してもし卵が出ないなら、その子は大人になってから子どもを生まないのかしら。あ、わたしのおばさんの手首で実験すればこのことが本当かどうかすぐにわかるはず。出なければ正しくて、出れば嘘ってこと……。あ、違うか、今のおばさんはまだ子どもを生んでいないだけで、手首実験で卵が出た今に子どもがいないからって、将来におばさんも子どもを生むかも知れないのだから、これはやっぱり解決にはならない……。

後ろの手

小沈黙。

後ろの手　じゃあ、もう生んだ人の手首で実験するのがいいかも知れないのね。ということは誰かの母、で手首実験をやって、それでもし卵が出なければ嘘になる。だってその母は将来に子どもを生んだんだから。

前の手　将来？　過去に、でしょ。

後ろの手　あれ。そう、過去に、か。

右手　あたし、その、さっきの、もし卵が出なかったら嘘……、っていうところ、指摘したいことがあります……。

前の手　どうぞ。

小沈黙。

右手　えっと、あたしが指摘したいのはこういうことです……。その母、が、本当に子どもを生んだのかどうかなんて、後に存在したあたしたちにはわからないと思うんです。だから、あたしたちを生んだはずだってあたしたちが思ってる母の手首実験で卵が出なかったら卵が嘘ということには実はならなくて、いえ、なれなくて、本当は生んでない、ってことの証明になってしまうかも知れない、ということです……誰も自分が生まれてくるところを見ていないのだから、いくら母があたしたちを生んだわよ、と、これまでも、これからも、云っていたとしてもそれはよくよく考えれば、それはわからないことなんだと思うんです……卵を信じれば母が嘘になるし、母を信じれば卵は嘘になります。卵がありなら母はなし、母がありなら卵はなし、そこが問題だと思うのですけど、どうすればいいですか。

小沈黙。

髪の毛の中の手を除いて、女子しかいない教室は大変に騒がしく、ああ騒がしい、とわたしは思いました。こういうことは少し前にもありました。担任の先生が同じように一時間目に来ないことがあって、それはもともと先生の体のための急な通院が理由らしかったのですが、その病院から教室へ向かう途中で先生の娘さんが交通事故にあったという連絡を先生は受けてしまって、結局その日は二時間目までが自習の時間ということになったのでした。隣の組の先生が何度か顔を出したり引っ込めたりして暴れたり騒がしくからかったりしているのを注意するんでしたが、そうしたら、いったんは静かになるんですが、またしばらくするとだんだんに、回転しながら大きくなる拍手のように教室中にはさまざまな歓声がうねりだし、誰かが走り回るたびに響く重たい音が天井からぱらぱらと降ってきて、それをうっかりかぶってしまった隣の先生は突然に顔を真っ赤にしながら、チョークの粉がたっぷりついた黒板消しで、机を真っ白に包装していた女子の髪をつかんでぶんと持ち上げ、教室の外へ引きずり出しました。その生徒の髪はかたい素麵のように細くて少なく、いつも目に突き刺さるようでした。女子は引きずられている最中も黒板消しを手にもって、自分が連れてゆかれる跡を残すように懸命に廊下をたたき続け、しるしをつけ続けました。廊下に面してある窓からわたしは首を出して覗いてみると、それはかよわい曲線と蛇行を含みながら、女子と先生は廊下の奥の一点に吸い込まれていきました。女子はその日は一日中戻ってくることはなく、次の日の朝に何事もなかったように教室に現れたときにはもう手に黒板消しはなく、わたしはそれを見て思わず叫びだしてしまいそうになりました。

再開。

前の手　つまり……、卵の本当と嘘を確かめる方法がとりあえず今はない、ってことね。

小沈黙。

前の手

でもね、わたしは自分の手首で実験をしてみたのよ。誰かに見られては大変だから、家についてから。もちろんお風呂の中で。お風呂だって扉があるんだから、わたしが出入りできる以上は誰かが急に入ってくるということも考えられるのだから、きちんと湯の中で、やったわよ。わたしの家の湯はいつも白くにごっているの。母がわざと白い液体を湯に入れるのよ。そうやって、せっかくの透明の湯をにごしてしまうの。でもそのおかげでその日は手を湯に隠すことができた。きいたとおりの方法でやってみたら、卵は手首にちゃんと出た。本当にくっきりとはっきりと出たものだから思わず湯にかくしたの。それでもう一度湯から手をあげて、もう一度、おなじようにやってみたら、まったくおなじようにまた卵が出た。そしてその卵を見て、わたしは思ったの。わたしにはわかったの。これが卵だということが。この卵はわたしたちに深く深くかかわっているということが。そしてわたしは間違いなく、その卵の数だけの、子どもを生むんだっていうことが。

右手　いくつ、出たのかしら。

前の手　それはとても個人的なことよ。大きな声でいうことじゃないし、訊くことじゃないと思うんだけど。

右手　でも、出たんですよね。

前の手　出たのよ。

右手　あの、あたしも、やってみたいと、思います。自分のことだもの。それに、卵がどんな形で出るのかを見てみたいんです。あの、あたしは、自分の卵、のこと、そんなに個人的なことのようには思えないしどちらかっていうとひとりで見ることのほうが気がひけます。なので、今からちょっと、手首実験をやってみたいんですけど、誰か一緒になって見てくれる人はいますか。

前の手　ちょっと。冗談でしょ。
右手　いえ。冗談ではなくて。
前の手　そんなの趣味悪すぎよ。ひとりでやってよ。だいたいあなた自分のことあたし、って発音するの、やめてよ。なんか馬鹿っぽいわよ。ちゃんとわたし、って発音して。きいてるといらいらしてくるの。
右手　でもそれは、単に合理的な追求の結果なので。
前の手　どういうこと。
右手　わ、と発音するよりあ、と発音するほうが時間も顔の力も使わずに済むのです。だからあたし、と発音しているだけなのです。ちゃんとした理由があります。
前の手　人は少々苦労してでも美しい形式をまといたいってそう思わずにはいられないはずなのにいくらあなたは楽したいからってあたしなんて発音するのなんてまったく駄目ね。なってない。

右手
前の手

そんなこと云われても。

あなたのわとあの発音についてなんてこの際どうでもいいし、今はそんなの問題にしてられないわ。そんなことよりねえ。あなたさっき手首実験を公開でやってみたい、って云ったけど、ねえ。今わたしたちの手は髪の毛の中にあるのよ。とてもよいこの森のような美しい獣のようなこの髪の毛の中に。見て。わたしは全身をこの中に入れてしまいたいくらい。みんなもさっきから色々話しているけれどどこの気持ちよさが一番だってことわかってるんじゃないのかしら。指だけじゃいや手首までもいや。ひまわり畑や麦畑をぐんぐん分け入っていくように手を動かして肩を入れてそれから頭を入れて両腕を使って髪をかきわけてかきわけて地肌を踏みしめ踏みしめて、そんなふうに髪の中をゆきたいわ。それくらい、気持ちがいい。そしていつか髪の毛の内部へ全身を使って出発するのよ。こうして今、手を手首をこの森に入れていることのすてき。わたしたちこのまましばらくこの恍惚にひたっていられるというのにあなたはここから手をわざわざ出してみんなのまえで手首実験をするつもりだというの？

右手　いえ、あたしもさっきからとても気持ちがいいし、そういうわけじゃ、ないんですけど。

左手　でも、この機会に卵を見てみたいって気持ちはわかるわ。

右手　しかしみんな手首はこの髪の毛の中、よ。卵を生む手首はこの髪の毛の中。

左手　そうよ、卵を生む手首は、この髪の毛の中。

合唱。

前の手　そうね。でも一組だけ、髪の中に入ってない手があるわ。

すべての手が分析を浸すようにざっとわたしを見ました。

前の手

まず、お礼をいいます。朝の貴重な時間にこんな素敵な髪の毛をありがとう。わたしたち、とても喜んでる。すごくうれしいの。でね、卵なんだけど、あなたさっきからわたしたちの話を聞いてて、一言も何も云わないけど、卵に興味はあるわよね。ないはずないわよね。あなたもわたしたちとおんなじなんですもの。でね、おんなじとは云ってもお聞きのとおり、感じ方って違うもので、もしわたしと違って、手首実験に、なんていうのかな、恥ずかしさ、のようなものを感じずにすむあなたなのなら、この子のためにもそこにあるあなたの手首で、手首実験をやってみせてくれないかしら、というお願いなのよ。もし、あなたが恥ずかしさのようなものを感じないあなたであるのなら。

後ろの手

もし、あなたが恥ずかしさのようなものを感じないあなたであるのなら。

右手　もし、あなたが恥ずかしさのようなものを感じないあなたである
のなら！

全部手　もし、あなたが恥ずかしさのようなものを感じないあなたである
のなら！

手の、満ち潮のような大合唱、が続く。

わたしの髪の毛に手を突っ込んで囲んで立っているやっつの手の声は、どんどん大きくなっていきます。ここでもし、わたしが断れば、正面の手を筆頭にして、きっと彼女たちはこわばった顔をしてぐんぐんぐんぐんと圧しかかるように憎しみをこめてわたしの髪の毛をつかみ、それから髪の毛の内部に乱暴に、とても乱暴に、今朝、何の断りもなしにわたしの髪の毛の中に入ってきたその何百倍もの力でもって、その体をすっぽり入れてしまって、それから二度と出

て行ってくれないに違いないのです。
　そうなればわたしは彼女たちをこの先、一生、この髪の中に彼女たちを入れたままで暮らしてゆくことになり、登下校、食事をすること、プール、走っても、あれも、土曜日も、鉛筆も、何もかも、彼女たちをずっと入れたまま、わたしは年をとり、朽ち、焼かれ、粉になり、そして埋められ、そう思うとそれはとても残念です。それを思い浮かべるだけでとてもとても重苦しい気持ちになって、しだいにわたしは耐えられなくなり、その合唱はやみそうもなく、その包皮のような声のかさなりのなか、何度も何度もうなづいて、わかりました、と合図しました。そのときに、一時間目の終わりを告げる大きな鐘の音がごろんごろんと鳴り響くのが聴こえ、わたしの髪の毛はそれにあわせて大きく揺れて、やっつの手は目を三日月をひっくり返した形になるほどに狂喜するのでした。

時間の断頭。鐘の音は、境目がなくなるほどにひきのばされて、わたしの耳や教室や花瓶に降り注ぎます。それは目に見えぬ嵐の最中のように馬鹿げていて、つぎはぎがなく、ひっきりなしに吹き抜けて、そんな鐘の音がはりつくわたしの手首にも、卵ははっきりとあらわれて、やっつの手は息をのんでそのあらわれを見守りました。手々の、唾液をぐっとのみこむ音がとても大きくいやらしく聴こえて、そして卵も、とても大きいのが、ひとつ、ぐるうん、という粘膜にぬれるようなねっとりとした音と一緒に皮膚のしたをすべり降りてくるように、盛りあがりながら手首にはっきりとあらわれ、わたしは驚きました。鐘の音に合わせてそのように卵は降りてきました。瞬きを失った目の気持ちをはっとのんで、乾きはじめる目を近づけてよく見てみると、卵にはどくどくと脈打ってあるのがわかるほどで、もっと目を近づけてみてみると、その皮膚の肌理のむこうにある卵のその膜のむこうにもじゅくじゅくと動く微小なものが見え、そこには透明と、薄い赤の血管と体液とがいちじるしく交じり合う分裂が見えるような気がして、いえ、分裂が見えて、わたしは目をかたくつむりました。そこではすでに分裂が始まっていたのでした。わたしは歯にある限りの力をこめて嚙みしめ、その熱を目に集めて、まぶたをくっつけ続けました。

わたしがそんな目の内部にいるあいだ、耳には鼻で息を吸うわたしの呼吸のしゅしゅしゅという音が、機械のこまやかな隙間から漏れてくる熱風のように、はじめはうんと細く聞こえて、それからそれが何本にも増えて、どんどん編みこまれてゆき、縄のようになり、絨毯のようになり、やがては竜巻のような太さになって、鳴り響いている鐘の音をたっぷりとふくんでわたしの髪の中をめざしていっきに流れこんでゆきました。熱風入りの巨大な竜巻は、まるで森の中を駆け抜けるように激しく、すべてをふるいにかけるようにうず巻きながら、すべてを吹き飛ばしてなぎたおし、ねり歩くように念入りに、そしてひょうひょうと髪の中をまんべんなく竜巻いてゆきました。髪の中の女子たちはその竜巻に驚いてみんなそれぞれ絶叫し、スカートを押さえたりしゃがんだりして泣き叫び、髪の毛の根もとをつかんで体を低くし、互いに寄りそわせて飛ばされぬように必死に力をこめて抵抗していましたが、髪の中をゆく竜巻はそんな女の子たちを平気のへいざで、いとも簡単にほぐし続けました。そこにあるものを徹底的にばらばらにして、女子たちをくるくると巻き上げて、その衣服をはぎ飛ばし、目をまわさせて、何の躊躇もなく空中に突き上げ、それから一瞬で力を抜いたかと思うと思い切り地肌に叩きつけてからまたくるくると渦の中にのみ込んで突き上げ、叩き落とし、を何度も何度も繰り返しました。そうすると女子たちの叫び声も、輪郭も、だんだんに小さくなってゆくのに、鐘の音は髪の中を、目のまえが真っ白に光り飛ぶほど精緻にすきまなく鳴り響き続け、髪の毛の全細胞が熱狂してはり裂けそうな笑い声となって、竜巻はそこにある全部がひとつになってさらに大きく渦巻くなかで、燃えるように、洪水のように、延々とすべてを繰り返しているのでした。

わたしは息をしながら玄関で丁寧に靴を脱ぎ、このあいだの休みに洗ったばかりなのにもう黄色くなっている部をみつけて、検分し、上履きのまま家まで帰ってきてしまったことに気がつきました。ランドセルを背負ったまま畳の部屋へ入ってゆき、ひらいた鏡台の布をあげてその前に座り、髪の毛を映しました。髪の毛は空気をはらんでそれぞれの熱量をかかえきれずに苦しそうにうねり、最後に鏡で見たときよりも、ずいぶんと長く、多く、伸び、膨らんでいることに気がつきました。

わたしはまるで自分の指ではないような感覚のする指先で、胸あたりにのっかってある縮れた髪のかたまりの先に触れてみました。

髪の毛は何本もが絡まって束になり、ごちゃごちゃになりながら網の目のようになって、引っぱればおおきな部分が動くのです。わたしは立ちあがって、母がわたしの髪を切るときに使っている銀色の鋏をしまってあるたんすの引き出しをあけて、白いフェルトのケースからそれを取り出して、尖った、冷たい、先端を見つめました。鋏の刃が重なってあるところに小さくわたしの髪が映り、そのなかのさらに小さな目は濡れていて、髪をゆらすと銀のなかの黒もゆれ、それを見ながらわたしは教室で女の子たちの前でしたように、左手を力いっぱいにぎりしめて手のひらのしたあたり、鋏をにぎったままぐっと押し、卵を出しました。

　卵、同じようにぐるうんと移動して降りてきた卵の、その位置を見失わないように、何度も何度も目で確かめて、もう間違いない、ここに卵があるのだという確信をもてたときに、鋏の輪っかを握るように持ちかえて、左の手首に突き立てました。先端は手首の中をまっすぐに突き刺さり、その突き刺さり部に出来る限り目を近づけてみると、その銀の輪郭は肌理の直線にぴったりと合わさるようにのみ込まれておりました。そして先端は卵の底をとらえ、赤い血がみるみるうちにおおきくなり、畳のうえにぼたぼたという夕立の開始のような、恥ずかしい音を立てて落ちました。

　わたしはそれを見ながらさらに右手にそろそろと力を加えて、先端がとらえた卵の底からひっくり返すようにして底をさらい、卵を回転させるようにして繰り出し、しかし卵はしぶとくわたしの手首に安住したがるので、わたしは何度も何度も繰り出すのをしていると、それを応援するように血が笑いながらあふれては落ち、また込みあげては落ちを繰り返すのでした。色々な繰り返しがあって、何度もかき回していると、こつんという手ごたえがあって、先端がはじく感じで卵がきゅっと飛び、あっ、と畳のうえに落ちました。卵はたった今、血の中から出てきたはずなのにつるりとして弾けながら白っぽく、わたしは転がりが止まったと同時にそれを踏み潰しました。かかとで何度も何度も畳にこすりつけるようにすり潰し、かかとに卵の感触がなくなるまでそれを続け、しばらくして畳の編み目とソックスの裏を検分して、卵の完全な消滅を確認しました。

それから鋏の輪っかに指を戻し、左手を髪の中に入れてひとたばを握り、それを根もとからじゃっきと切り離しました。そして唾を大量に手のひらに吐いて、それでまとまりをもたせようと揉んでみても粘り気がなくてうまくゆかぬので、卵のあった手首からまだまだあふれてくる血を何度も指ですくって、すり込み、粘り気がちょうどいい具合になったところで、毛の端を噛んで引っ張りながら念入りに、毛を三つ編みにしてゆきました。そしてできあがったその端を結んで、解けないように注意しながら鋏の先端を使ってくるくるとまるめて卵よりも少しだけ大きいくらいの玉にして、さっきまで卵がはいっていて今は何もはいっていない手首の穴に、その玉をぎゅっぎゅとつめこみました。その毛の玉が見えなくなるまで奥へ奥へと押し込み、毛を覆うように端から端からあふれる血がそのうえにひたひたになって、飽きもせず畳にぼたぼたとこぼれてゆきます。しかし落ちない血もあることはあるので、落ちなかったほうの血はしばらくすればどこにでもあるかさぶたになるでしょう。そしてそれが剝がれ落ちるときにはどこからか新しい皮膚を連れてくるでしょう。卵の場所には今はわたしの髪があるのだから、卵のかわりにこの髪はきっとその役割を果たすでしょう。や、果たさなくても。

頭の中で、わたしに聴こえるように言葉にして説明をして安心したわたしは、なんともだんだんに眠くなっていることに気がつきました。生暖かく広がった畳のうえの、赤いところがだんだんになって黒く湿ったふちのなかへ、膝から座り込んで肩を落とし、ゆっくりと横になり、落ちてくるまぶたのすきまで時計を見やれば、その角度は四時を開いていて、ああ夕方、こんなことなら一日のなんて早いこと、もうすぐ母が帰ってくる、それまでには鋏を戻しておかなくてはならない、何もかもをもとどおりに、戻しておかなくてはならない、今度もし、母がわたしの髪を切ろうとして、鋏がこんなになっていたら、どう思うだろうか、を思うと全体が苦しいのだった、しかしどうしても体と瞼が重くて持ちあげられそうにない、鋏はわたしの右手に絡まったまま沈んでしまい、そうすればもうすぐ母が、帰ってくる。

彼女は四時の性交にうっとり、うっとりよ

椅子が、トイレの椅子が、もたれると、くえここ、くえここってゆって、人でいえば背骨部あたりになるんかしら、や、あたま部かしらの、水が溜まってるだけのあの四角いところ、ちょっと動くたびにそうゆって、彼女の耳にそれは鳩の泣き声にそっくりで、公園、それは公園の木製のベンチにささくれだった、そうささくれたのが太股にあたっていて、その、おなじようにひとりで座ってずっとまえに彼女はお弁当を食べたことがありました、晴れて乾いてて緑色をしてるから調子にのってふつうにふつうのお弁当を食べたのです。買って、座って、そしたら編みこみの大げさなどん帳、どん帳っていうのかしら、そういうのについてる大げさなふさふさの紐を、赤とか金色の縁どり刺繡がしてあるような、そういうの、ひっぱったらどっ解かれて落ちてくる仕掛けというかカーテンみたいな重みでもって、もう鳩が、ぶ、ぶぶぶぶっていっせいにぐるりを囲むように黒く低く落ち降ってきて、彼女は思わずお弁当をでいやと投げた、鳩こわくて、お弁当の効果で芝刈り機みたいな音をたてて鳩はまた激しく散ったけど、その後ろには噴水が、虹の風味をうっすら、噴水の水をたてて激しく散ってて、なんでもそこにあった諸々のもののその量ったらまるで芝刈り機から吐き飛ばされてく芝みたいであって、芝刈り機、で、鳩のなかの塊のいっこにお弁当の角があたったの見て、その鳩は二羽がしっかりと二段重ねでした、二段になってうえにのっかって鏡餅みたいになっていて、灰色の、二段重ねのその裏側にはりついてあるもの、あれは彼らの性交である、

ってお弁当の角がぶつかったのに二段になったまんまで彼らはよろめいてそれでもまだきっと性交を続けているので、ほかを見たら二段組の鳩がけっこうあって、あ、すごいなと思うの、また鳩は落ち着いて戻ってきて増えて水は散

って、彼女は口をあけてました、量って、なんたることで、なんでもで、量ってすごいなって思うのです、性交をするでしょう、男々と女々は性交をする、もしく男々と男々でもいいのですが、まあぜんぶのおよそ考えられるってことは考えられる、わけであってその組み合わせでもって、まったく、性交をします、そして彼女はたびたび量を見てしまう、そこにある量のことを、性交にまつわる色々なもののさまざまな量っていうものは、それだけでいっこの大説得であって大了解であって、量を彼女はじっと見る、ああ好き、とても好き、これすごく好き、量っていうあれは、その場のすべての質を許可する暇もなく抜いていってしまうので、性交においては量の完全な優位に彼女のまんべんなくはつねに紅潮させられてしまう、質と量っていうこのまったくべつのものがなんでかくっつけられて言葉となるときそれは質量、に、なって、重さ、であって、そんな具合でいいのですか、ほんと我々の納得は、そしてあのいっぱいが出た、そのいっぱいを流す、ここでいっぱいが混ざる、さきのほうでいっぱいを吸う、のびてゆくいっぱいの、くっついてゆくいっぱいの、ただあるいっぱいの分泌が補強する保証する交渉する、いわゆる泣いてしまえるような結果が、性交における量、にはあって、彼女はそれをぜんぶ見ます、彼女はそれをすべて見る、を何度でも何度でも繰り返す、夢中が量に美しく比例してゆく、美しいなあ、なはんて云ってみる、美しいなあ、もういっかい、美しくていいね、このことを目と体をつかって、ああ好き、すごく好き、彼女は月の夜半過ぎの時々なら股のなかふとももに少しをかけてもれてゆくのを、また水曜日などはへそのまわり盛りあがった脂肪のうえでゆるくそれがかたく溜まっているのを、調子のいい夜は顔のまだらを鏡でみて、あとは背骨の湿り気を、皮膚と繊維の粘着を、それで確認をして、確実に量が質を飛び越えてゆくそのさまを内容を、推論します、

あるいは彼女から発揮される量は彼にどんな推論をもたらすのでしょうか、そして彼女の推論を、彼女は彼の目のふちにてんてんてんと盛ってゆくのでありました、ねえどう、これはわたしの推論ですが、わたしがあなたの経験について知りうることはすべてわたしの推論ですが、ねえ、その推論は沁みますか、

目に、どう、わたしの推論をどう思うの、や、推論が、量と質の出来事を関係を思うと彼女には性交がやってくる、ああ好き、とても好き、

彼は彼女に色々なことをしながら、彼女が好きだとおもうことを何度もしながら、色々な反応に意味をみつけて、それには意味があるのやと、彼だけにしかけっきょくのところわからぬ推論を彼自身のなかだけに丁寧に実直に重ねてゆくのだったし、彼女も彼のすべてに対して彼女だけにしか結局のところわからぬ推論をおなじように重ねてゆくのだったし、ここに、このいまに、完全なお互いの推論がそびえているのであって、それはけっこういい眺め……それだからお昼間の実行はいたるところで発酵します……推論と推論は抱擁をすることはけっしてない……と推論をまたさらに性交をして推論しながら彼女たちは性交をするのやったけれど、推論はときどきにおいて模写されます……未解決のままで、正しくもあって、間違ってもいる、のちょうどまんなかを、推論の拮抗はうっとりと糊づけしながら、ああ好き、すごく好き、とても好き、これが好き、体に言及してゆく迅速な感受、四時に置き去りにされてゆくめまぐる

しい到着……複雑である身近な歌の記載……それら行為のいっさいが、このふたつの推論と推論がいま最も密接であるのよ、と云ってしまいたくなると思わせるような圧倒的な推論そのものが、とても好き、それで大好き、それぞれべっこにぐったりしながら力を失って横たわるので、

ねえあなたこれからあなた何になるつもりなの、彼女は性交の大いなる溝に浸かりながら手をにぎって指を組ませて、頬をさわって彼の動きを見ながらその動きが彼女にもたらす彼女の動きを見ながら、口のまわりに彼のくちびるをひろげながら彼に話しかけてみる、彼は彼を動かしながら彼女を動かし夫、父親、もしくはそれら以外のものになるつもり、だけど出来るならやっぱり夫か父親になれるならなってみたいけれども、そのためには、と彼の推論のなかの彼女に向かって、彼の推論、すなわちけっきょくは彼女の彼に対する推論でしかないそれは、あらわそうとしている、懸命に、あらわそうとしている夫、父親、夫、父親、父親、夫、彼、の動きは彼女の動きと連結しているようにこちら側からは見えてしまう、彼女の声が彼に聴こえているように彼女には思えて

しまう、彼女が彼に見えていると彼女は思ってしまう、そして、彼女はいま彼に、単に、使われている、と推論する、そして彼女は彼に云う、わたしを使っている、とちゃんと云ってみて、と彼女は彼に云ってみる、それらは言葉のほうからみればれっきとした言葉であって、経験のがわからみればすさまじく経験であるから彼の推論を、それすなわち彼女の推論を、彼女の推論はけっして笑うことが出来ない、お願いをしてしばらくして、そうだよ僕はきみを単に使ってるだけなんだよと彼は耳もとでそう云ってくれたから、ああ、彼女は、彼女のさっきのお願いとはまるで関係なく彼はほんとうのところは彼女を単に、使っているだけだと、真実そう思っているのだと推論することも出来るようになってしまう、ねえそんな風にわたしを単に使っているだけのあなたはいつか誰かの夫か父親になりたいなんていうことをほんとのところはどんな言葉で思っているの、と彼女は彼に話しかける、くちづけをする、くちづけをされる、唇のうえ、下唇から顎にかけて、ここでも量の純粋は達する、達します、彼はそれを吸いながら、きみを使ってるだなんてそんなの嘘だよ、きみが云ってくれっていうから云っただけだよ、と笑いながらさっきからの継続をなめらかに動かしている、応接は、なめらかになってくる、とてもなめらかに、ここでも量は時間という量をかさねればそれはうっとりとした結果をつれてくる、ああ続けている、ああ好き、これが好き、彼は彼女を見ながら反応を吸いながら連続を動かしている、透明の液の量はねっちりと白味を帯びてくる、その動きに彼女は推論がもろくなってゆくさかいめを感じるけれど、それから閉じそうになる目をひらいて夫、父親、そしてそのどちらかになるためには、子どもか女がいなければならないのよ、女がいなければならないのよ、子どもがいなければならないのだから、女と、子どもが、と彼女は息交じりに云って、彼の腕と腰と、髪のあらゆる枠の線が、逆光に特別な輪郭を発揮してるのを見ます、細く金色にひかっておおげさにしっとりとして、あ、きれい、すごくきれいだと思ってしまう、彼女は思ってしまう、外から聴こえてきていた人々の音はその輪郭にすっかりのみ込まれてしまっている、しんとしている、ああ逆光ってこんなものやったのかしら、ゆれながら彼女をゆらす彼の顔が彼女からは見えない、見えないと彼女は思ってしまえる、逆光で、彼の背中と彼女の仰向けになった体だけがいま四時の大きな光を面で受けてて、好き、とても好き、飲みこむ、飲みこまれる、光に、くちびる、なめらかが彼女を丁寧に縫ってゆく、彼女の仰向けに彼の影に落とし込まれた内容がすっかり映ってしまっています、指を吸う、吸われる、量を舐めて、光と内容を受けながら寝かされてそれで彼女は両足をひらいて彼を存分にそこにいれているのだから彼のほうからは彼女の何もかもが見えてしまっているのだけれども、と、書いてそれはちがう、何もかもということはけっしてないと書きながらそんな嘘が書けてしまうことに、推論はここでしっかりと立ち上がる、を書いてみながら、ああ好き、大好き、どんな光のなかにおろうともなにもかもということはけっしてないのだったから、けっしてないの、とても好き、ああ、なにもかも！　という彼女の興奮はまたたく推論どうしのなつかしい慰めでしかないのだから、

　ではいまわたしたちがしているこれこの性交はそのあなたのなりたいそのつもりのそれといったいどんなかかわりがあるっていうの、夫、父親、の質問に

彼の推論は推論であることが最大の保証であることを忘れてしまって彼の推論である彼女に向かって何もあらわすことができなくなってしまうのだから、彼女は、ああ好き、好き、それも好き、そしてこのような無益で甘美な数週間ののちにやってくる、確実にやってくるさまざまな事実に、彼女は暗い表情になって半分をすっかりわたしてしまう、この推論はあの推論を、こどもが角砂糖をはだしで踏んで散らすみたいなやっかいで興奮することだけがとりえの合唱団の幼稚さでもってやがてつめ寄っていくことになるのだから、何もかもが、ああ、まいるのよ、推論は過去に嫉妬をするようになるし、想像に耐えられなくなるし、不安になるし、うんざりして不愉快になって恐ろしくなって簡単を失ってしまうし、何ひとつ逃すまいとあわれで巨大な衝突をいつでも機動するようになる、そう、かならず！　そして、いつでも！　推論は身の程を失って、彼のなかの推論すなわち唯一の推論、を、殺してしまうかもしれないほどのそれは無反省の完璧をもちます、でもそれはいったい誰の？

わたしたち、ほんとうは恐ろしいことをしているんじゃないの、とてもとても恐ろしいことをしているんじゃないの、ここで、こうして、この性交は、ほんとうはほんとうに恐ろしいことなんじゃないの、この先には何があるの？　それを問うことはおかしいことなの？　そうでなくても不快な会話は彼女たちの推論を推論の底から徹底的に不快にさせます、恐ろしくさせます、そしておなじ徹底をするなら徹底的に、彼女は性交をしたいのです、性交を、いまこのときもどのときも彼とあのあのあのあの性交をしたいのです、あの性交をしたいのです、彼女はトイレの椅子にもたれて頭にある映像をすべてすべて組み合わせます、気持ちがよくなるようにすべてを都合よく思い出します、指をつかって、そこに推論をおしこんで、や、彼女はトイレの椅子の、有ると無いで輪っかになったあの穴にとてもお尻を埋めてお尻を食べさせてお尻で蓋をして、ああ好き、だから好き、あれが好き、このようにして彼と、彼とする性交を、ひとりでトイレの椅子に座っている彼女の推論は、埋めながら蓋になって何時間でも抱きしめることができます、やってきた性交を、すべて堪能しながら目をとじて眠ることができます、眠ることができる、彼女はそれを興奮でぐるぐるにしながら眠らせてやることができる、くえここ、くえここ、っていう鳩泣きもだんだんと遠のいてゆけば、彼女にありとあらゆる性交が、
　彼女だけが推論をしていて、推論をしてると思われる彼やそのほかおおぜいの人にはほんとうのところ、推論はないのではないだろうか、なはんて、推論してみることもできるけど、たぶん彼女以外のさまざまにもこんなふうな推論は満ち満ちとしているのだろうと、彼女の推論が推論することとこそが彼女の推論の努力であると彼女の推論は考える……、そしてそれが最終的に着色をします……個別に……あるいは全体に……発露する……この努力こそが、愛しています、僕はきみを、わたしは彼を、愛しています、愛しているのですという表現のかわりになることとなのだと、彼女の推論は信じているのです……ああここには推論しかないのだと……指を使いながら充血をつまみながら記憶を彫刻しながらときどき体を動かして、好き、すごく好き、こうしてじっと輪っかになった椅子に埋まっているのです、つまんで、なでて、ああ、座っているのです、ああ、推論はこの推論以外のすべて推論の存在を信じている、とても信じてい

る、とても信じることができる、とても信じざるをえない、信じたままこうして座っていることが、ああ好き、とても好き、と書くことも目をつむってそのまま泣きながら、この双方の運動を彼女は知っています、知っているこの運動が、

そしてふたたび性交はやってくる、まだトイレの椅子にひとりきりでいる彼女の膝に性交はのる、一瞬で、はいってしまう、トイレの穴を覗きこむようにして股をのぞくと少し出ている性交の腕をやさしくとって引きずり出して目のまえにやってきた性交を彼女はとても抱きしめる、彼女は性交にくちづける、よく来たねともう一度抱きしめる、性交のおでこにおでこをくっつけて、頬をさすり、現出させる、蒸留させる、ああ好き、とても好き、ほとんど泣きながら彼女はそれがとても好き、っていま書いて、泣いて、読んでみる、書かれた文字は、言葉のくせに徹底的な願望をもっていて、まったく好感がもてるのです、そして性交にももちろん願望はあるのです、彼女は出自のくぐもった泣きたくなるこの気持ち、そしてもう泣いてしまってるこのいま、性交と言葉の両

方にいま何を考えているのかを尋ねてみる、すると性交も言葉もはっきりと口に出して云うのです、ここから出てゆきたいのよ、と彼女の推論のなかから彼女の推論にむかって懇願をされてしまう、ここってどこから、と彼女はふたたび性交を見る、見ます、目が赤くなっている、涙でマスカラがすごく散っている、鼻のきわあたりが赤く腫れているように見える、見ます、どこ、どこから、どこってあなたの推論のなかからに決まってるでしょうが、と両者はがっかりあたまを下におとす、彼女は目を閉じる、するともう文字は見えなくなって文字は黙りはじめてしまう、そして性交のあたまを撫でて彼女は股のなかにそっと戻してやるのです、ああ好き、とても好き、大好き、すごく好き、彼女は性交がとても好き、彼女はあの性交がとても好き、

　彼女の推論のなかでしか彼の推論は生きていることが出来ず、彼女の推論もまた彼の推論のなかで生きているのかもしれないと推論するこの推論が、ありもしない彼と彼女の一致を推論して、何度も何度も性交をすることを可能にしてしまうこのこと、そしてそのことになんでか泣いてしまう、泣く、泣いてし

まう、泣くことではなくこの性交こそが特別で、とても贈り物、しかし誰からの、泣きながら、ああ好き、すごく好き、彼女はそれをいまとても好き、であると感じることが出来るいまは、彼女の長く続いてきてこれからも長く続いてゆく人生のなかのそんな時代なのだと、彼女はとてつもなくひろがってゆく誰もいないかもしれないこの世界にむかって、とてもとてもとてもとても大きな文字で、うっとりととてもうっとりとすごくうっとりとあらゆる好きと大好きとても好きそれが好き大好きをもって、すごくすごくすごくすごくたくさんの量をうっとりと泣きながら彼女はうっとりした彼女や彼の推論と性交する。

象の目を焼いても焼いても

どれくらい首を折り曲げたらそれは「うつむく」ということになるのかを、ただぼんやりと、考えるというほどのあれもなく、指が草をぷっと吸って捨てるように思えば、気まぐれならば美しさもあるものの、ぼんやりと、人は、生まれて、生きて、そして死んでゆく、それだけではなんでいったい駄目なんでしょうか。それだけでは、なぜこんなにも色んな場面が苦しいのでしょうか。私はぼそぼそとうつむいて歩きます。歩くことは始終、私の問題なのに、まるで簡単に足は動いているので、足は偉いなあ。ねえ、足。黙って、動いています。際限なく歩くことが出来るとすればいつかはどこかに到着することもあるでしょうが「たとえかかとが死にやがっても」。そんなになるまで歩いたこともないのに、私は思うのです。

真冬の六時、もう暗く、空気は熱のあるくせにどっちらけを装い、自転車が駆け抜け、少女、後ろ向きに顔がびゃっとのびました。腰の曲がった老婆が配達人に道を教え、短い髪の母親が息子を涙目で怒り、男性らが大きな声で笑い、町は粗く、働いています。人々の息は少し前までは私を責めていたのに、最近ではもっと恐ろしい。のびたビニールのように生暖かく私をくるんで、きっとその上から彼らの何千個もの正義と自負が踏み潰してしまうのです。そこに立ち込める嫌悪は立派な人たちと私との差が出産しています。かかとに力を入れて。その機会をじっと、見つめているので、私はおののいているのです。息を止めるようにして、足を繰り出し、私は図書館へ向かっています。

図書館は暖房が効いていて暖かです。生まれつきに優しい。そして同じだけ図書館は無言で意地悪く冷たい。ここにはやはり、思想しかないのです。語られなかった思想、切り捨てられた思想も相殺された思想もあるなかで、利用するものとされるものの偶然の導くところによって、残された思想はここで結晶したのです。

図書館は象の目です。

数え切れない皺に守られて慈悲を練り込んだような暗黒の象の目なのです。それは堂々としたあらゆる球体の母親であるかのように深く深く、波うっています。その象の目には本という何十億の面が反射しあって何億という人々の色々が映っています。思い出や意見や成就や残念が映っています。影がしゅっと消えたかと思えば音楽が鳴り、しくしくと泣き、抱きしめあい、死に別れ、企みがあり、論理があり、悔しい気持ちに死んでしまったあの晩、告白が解除され、陥れられ、復讐や、手紙を書いたりしているのです。数字の曼荼羅が一面に広げられ、虐げられた感受性その他が眠るのです。約束を交わし、各種の素晴らしさや尊敬、見えない力は語ることによって語られ、また美しい言葉遣いに語られることによって、洗濯婦や、芸術家や、名もない感情の行き来や営み、動物や、出来事の頬が、みるみるうちに誇らしげに、紅潮しているのです。そのいっさいが真っ黒な目の底に、ゆっくりときらめいています。ここは言葉。そして、観念の器官であります。

私は生きたのよ。そう誇らしげに本が反射をする。感傷と逃避問題が舌の肌を摑めば、私はうつむきながら差し出すように、今、さりげなく母親をするりとそのきらめきのなかに入れてあげられたらと思うのです。そして許されるなら、母親と二人、本の中で生きることが出来れば、何も辛いことはないのに、と思うのです。その中で小さな声で私たちは少しだけ笑えればいい。母親に迷惑をかけることもなく、私たちはおなかの減ることもなく馬鹿にされるわけでもなく、情報も競争もなく、こうして名もなき人生を生きたことは、ささやかな光彩を放つ小さな事実となって、象の目の中で永遠に揺れながら私たちはひっそりと生きることが出来るのに、と思うのです。

けれども本当のことをいうと私は、人々の想いが映された、美しいその目に抱かれるために図書館へ出かけるわけではないのです。ただ、私は自分の部屋にも、誰の傍らにも、道にも、職場にも、もうどこにも、居場所がないから、こうしてぼんやりと図書館へ来るだけなのです。私は実はあの目が怖い。図書館は象の目なのです。ここにはあらゆる感情の生まれたてと、死んでしまう間際の一瞬が、様々な紺で描かれた絵の湖のようにじっとしています。私はここに来ると死んでしまいたい気持ちになるのです。健康な身体を持ちながら、こうして、うな垂れながら恐ろしい気持ちを隠しながら嫉妬する気持ちを握りながら、ここに来るしかない自分のことを思うと自分を殺してしまいたくなるのです。私たちは生きたのよ。ある一冊の本が私の背中をどんと突きます。私たちは生きたっていうのに、あんたは何をしているの？　また、ある本が私の脛を強く削ります。自尊心の化け物はこんな顔をしてるのね。こんな風に最近ではここに来ても罵声を浴びせられることが多くなってきました。あの息をのむような漆黒の美しい目には、私のひとかけらも映ってはいません。私は低く恐ろしい声から逃げるように、二階への階段を駆け上がります。途中、踊り場で、私は、と云いかけて振り向きました、振り向いたって云えることなんて何もないのに、振り向いたのです。声はもうしませんでした。けれども幾つかのきらめきに混じって、私を笑っている声がはっきりと聴こえました。それは悪意のある笑い声で、胸が丸く、くりぬかれる思いがしました。そしてくりぬかれた胸の丸々はこんこんこんと階段を転がって落ちました。私はいけない、と思いましたがそれはすぐに見えなくなりました。嘲りの笑い声は徐々に高らかになり、ぱん、と音がしたかと思うと本は鋭いこなごなになって飛んできて、破片となり、胸や腹にぐっさりと刺さりました。逃げようとして後ろを向くと背中にもたくさんの破片が突き刺さり、私は階段を這い上がりました。笑い声は渦巻くように響きわたり、象の目の中で輝く無数の破片は、くるくると巨大な円を描きながら、猛然と飛び交っていました。悪意の笑い声、激しい氷色の輪のように、けれどもその光りかたは思わず口に手を当ててしまうほどに美しく、私はへたりこんでしまいました。私にはわからないのです。ここにある無数の本の破片、象の目の底でこの光を放っているきらめきが、経験してきたという、生きるということの本当がわからないのです。私たちは生きたのよ。誇らしげに本が云います。強い口調できっぱりと云い放ちます。私は、二月に三十才になるのです、三十才になるのです、私は、三十年も生きているのです、私がです、くるくると回る本の破片は、なおも速度を上げて渦巻きます、ごうごうと音がしてその渦巻きは鋭い一枚の刃物のようにも見えてきました、その美しい強度と、過去だけがもつ正しさで研がれた刃は、動けなくなった私の足のすぐ先をかすめていきました、足の指をひゅっと、ざくりと、お母さん、記念すべき私が生まれた夜明けには何かありましたか、知りたいのです、普通の、なんのしるしのない、けれども私が生まれたあの夜明けには、何かありましたか、お母さん、たぶん何も、なかったんでしょう、私が生まれたことに、その時だけでも寄り添ってくれるなにか暖かい、お守りのような、たとえば春のほころびのような出来事は、何もひとつもなかったのに違いないのです。

足の部分を切られてしまうのを避けるために立ち上がって、残りの階段を上り、目の前にあったドアを開けて肩で飛び込みました。そこはトイレでした。

すばやく鍵を閉めました。ここには象の目の光の成分はやってこないということがわかりました。こんなつもりじゃなかった。トイレにある鏡を見てつぶやいて、ぞっとしました。つもり、という言葉に自分でも驚いて、つもり、つもりは。こんなつもりじゃなかった。そこには私が映っていました。こんな空ろな目をするような人間になっているはずではありませんでした、と頭の中で声がしました。誰の声でしょうか。図書館のトイレの鏡は、少しぐらい曇っていてもいいのに、どこまでも綺麗に綺麗に磨き上げられていて、これは誰が磨くのでしょう、誰がこんなに磨くのでしょう、なぜ、なぜこんなに磨き上げられなければいけないのでしょう、異様なほどに光っているこの鏡は、そうだ、これは、きっとあの象の目の成分と繋がっているのです、この鏡の輝きがこの図書館にあるすべての物語を輝かせる光のもとなのです。本のすべての文字を照らし、物語に呼吸をさせ、誇らしげに抱き上げ、時には鋭利な刃物と化けさせ、私を襲わせるのです。私をみじめにさせるのです。どうしようもないくらいの美しさで、あっという間に私の足を切り取ってしまうのです。そして私の母親ぐらいの年齢の女の人がきっとこれを磨いたのだろうと思うのです。母親が、こっそりと私に見つからないように、この鏡を磨いていたに違いないのです。私がもう歩けないように、歩かないですむようにと、息を吐きつけながらこれを磨いたと思うのです。目を凝らせばほんの少しちろちろと揺れる蛍光灯の下で、私の顔は醜かった。肉という肉が垂れ、黄土色のしみが浮き、眉は所在なげに散らばって、眼球は古いマーガリンを詰めたようにどろりとし、口の端がぴくぴくと小さな痙攣をおこしていました。笑い方がもうわからない、髪にも肌にも光のひとなでもなく、頬に触れれば砂のざらつきがして、涙が垂れました。

私はドアを開け飛び出し、一階へ転がるように降りていきました。そして一番奥の詩の棚の前に立つと、鞄から用意していたライターを取り出し抜き取った一冊の真ん中あたりに火をつけました。簡単に燃えてゆくそのページは飲み込まれるように黒くなっていき、火が大きくなるのを確認して本棚に戻しました。私は脈絡なく本を取っては火をつけ、棚に戻すのを繰り返しました、図書館に火をつけるという安直な行動は、あらゆる物語から最も遠いところにあることは理解しているのに、彼らも私も本当はわからない。なぜこんなにも幼稚な行為をわざわざするのかが誰にとってもわからない。火が何というわけでもない。火なんてどうでもよろしいのです。火でなくともよいのです。この図書館を沈めるくらいの水があればそれだっていいのです。でも私には何もないのです。燃やしたって、新しい象の目は強固な善人たちの意思に打たれ留められすぐに建設されるでしょう。そこにまた、とめどもなく膨れあがった物語は流し込まれるのでしょう。そして強靱な刃となった本の破片は、無数の憂鬱者の灰色のまるく折れ曲がった背中を、颯爽と刺しに飛んでくるのです。

煙が徐々に多くなり、次第に目の前の本棚は大きな塊となり燃え始めました。〈安物くさいその眼鏡〉と書かれた焼け残りのページが前髪にくっつきました。本であり、正義であり、人間であり、言葉である、この象の目のような図書館の底で輝きを一心に担っているものは、音もなく燃えていました。火は隣の棚へと移り、その奥の棚、カーテンに移り、壁には火が這い這いゆるく編まれた髪がうねっていました。火事、という平べったい人の声がして私は逃げました。その時に振り返り、持ってきた鞄を思い切り火の中へ放りこみました。鞄の中には私の書いた詩が入っていました。詩を書いたのです、三行だけの、私は、詩を書いたのです、それは誰の指の記憶にも留まらぬ、替えのきく、たったそれだけの詩であったのですがそれだってやはり詩なのですから、詩は一度生まれたのです。私は走りました。足と私とで、懸命に走りました。顔が火の熱を受け取って、焼けるように痛いのを少々嬉しく思いました。触ると汁が出ていました。少しでも溶けていてくれたらいい、鼻など、顔なんて、瞼を、焼ければいいじゃないの、属性はすべて焼けてしまえばいいじゃないか、私は走りました、自尊心の化け物の顔と足が火から逃れるために走りますよ、あんたは何をやってるの？　私は走りました、息は面となって際限なくぱらぱらとこぼれ落ち、それはよくみると皿でした。白い皿は私の走った跡に落ち、記録は続いてゆくのです、顔は熱く、肺がきゅうと摩擦音をあげ、あんたは何をやってるの？　象の目の生き残りの物語が耳たぶを切り裂けば、私は、私は何にもやってない、両手を高くあげて、私は何も、やってない、私が走りながらに、おかしくなって、悲しくなって笑うこと、げらげらと、転びそうになりながら笑うこと、この世で生まれて、生きて、死んでゆく、それ以外を生きる人が、いるんだろうか！　いや、決して人は結局それだけだと、まだ死んでもいない私が笑うのです、げらげらと、複雑さを、この唯一の存在のしかたを、笑いにあわせて吸い込めば皿が口から飛び出します、その一枚をすばやく手にとっておでこで割った、こんなに奇麗、こんなに重い、こんなに悲しい、けれどそれがなんだっていうのだろうか、だからってなんて云えばいいんだろうか、両手を広げて私は走る、歯をむき出しに、乳房のあたりに笑いを沸騰させながら、口から皿をどんどん吐き飛ばして走ります、私の足は道路にばら撒かれてゆく無数の皿を全部踏む、確実にすべてをぜんぶ踏む、踏んだって割れなければ私の足は泳ぐみたいに二枚の皿にのっかって、無いを登ってゆけるのに、そのまま登ってゆけるのに、しかし踏まれた皿はぱりんぱりんと音を立て割れながら飛び

散りきらめいて、かかとにはじかれた破片が目に刺されど足の裏から響く音は、
白状しよう、白状してよの大合唱が聴こえます、「こんなにもおおげさで阿呆
らしくも深刻な私たちのあらゆる理由は何やろか、何やろか」

告白室の保存

促進

わたしはあなたを知りたいと思う。あなたを知りまくりたいと思う。知れるところまで知りつくしてこれ以上は色々が逃げ込む余地のないところまで知りつくしたいと思ってしまう。あなたのことを思います。わたしはあなたのことを知りたいと何度もそのまま言葉にして思うけれど、知りたいということがいったいわたしの何を満たすことになっているのかも検証もなにも出来ていないのに知りたいという言葉でわたしはとりあえず次に進もうとしています。

思う、わからない、知りたい。

このみっつでこれからも、これまでも、わたしの問題はわたしにしかわからない正当でもって、包装され続けるような恐ろしさがやってきます。思う、わからない、知りたい。あなたを知りたい。あなたのどこを知りたいのか。知るためには、調べなければならない。あなたの何を。あなたと他者との性交を知りたい、調べたい。

あなたに関わる性交のすべてというわけではない。調べたいのはあの女との性交のすべてを知りたいというだけなのでそれを調べたいというだけのことだ。このときに発動する調べたいと知りたいは違うものなのか。わからない。調べるは知りたいの頭を撫でて扇動して、知りたいは調べるの肩を抱いて増幅させるから、わからない。

試しに、この調べるというものの腰のあたりをゆっくりと、あるいは渾身の力で押すと、そこから知りたいものが落ちてくることもあります。

その制限によってわたしはやっぱり興奮して、それをしながら、知りたいにつき動かされて調べるということをしているあいだは、緊張によって、きまって便意を催します。

その便意は、わたしをその場から移動させようとするのです。

便意は云います。これ以上はここを調べてはいけませんよ。この方法では調べても無駄ですよ。知りたいことはあなたに訊けばいいのだし、おまえが調べることができるものというのは、おまえが知ることのできるものは、結局はあなたの口から、おまえに向かって、あなたの口から語られる言葉以外のものではないのだから、そしてそれは冗談でなくおまえがおまえ以外のものから知ることのできることやものというのは——言葉以外の何ものでもないのですから、初めからおまえは常に喪失をしているのです。おまえは敗北しているのです。そのことを知っているおまえがさらにあなたの言葉から離れたところで何を知ったつもりになったとして、それは重ねて何を知ったことにもならないのだから、それは徒労です。それは瞬く不毛です。

それらが展開されゆくさまを眺める場所には他人の登場はどこまでも関係が

ないということをおまえは知っているはずなのに、おまえはあなたの口から発せられる言葉以外のことを金輪際、知ることはできないことも知っているはずなのに、それがどうしてもやめられないのです。あなたの口から音と結ぼれながら糸のようにおまえに届けられる言葉には魅力があってしまうのです。たとえばあなたが口を開く。無限にある音の組み合わせからたったふたつを選び、あなたが僕、と発語する。そのとき、その僕、という言葉ははじめて、無数に寄り添いひしめきあい行き場のなかった僕、の無限の海原からまるまると潤んだ一滴として空中に掬いあげられ、とても個別の振動を持ち、口をあけて待ち受けるおまえの舌の本当の一部分を濡らすことになるのですから、これが接吻というのです。

このようにどこを見渡しても言葉しかないこの無辺の世界で、せめておまえはあなたの口から発せられる言葉以外で、おまえの知りたいと思うことを知った気になってはなりませんということ。

それでもわたしは知りたい。知りたいがために調べたい。

あなたと女の性交のことを。

その女はもうあなたの家には来ないしあなたに電話がかかってくることもない。少なくともあなたがわたしといるときには。わたしはこの半年間あなたとたいした時間も離れずにほとんど一緒の部屋にいてあなたが仕事をするのを見ながらわたしは爪を切り食べ物を調理して盛り、それを食べてそれからすぐに性交をして、もうそれだけをしているのだから。

わたしがそれを見ていないということは、それはないということだ、ともいえるのですが、それは果たしてどの角度からみてもどの方角からみてもどの目からみてもそれは本当だといえるのでしょうか。

精査

あなたはわたしと結婚がしたいという。

できるならわたしと一緒に暮らし続けたいという。きみが大丈夫ならその準備もすぐにできるのだと嬉しそうにいう。あなたはわたしを抱きしめながら、上唇が触れる距離で視力を衝突させながら、わたし以上に誰かを好きになったことなんてないという。愛しているということがわたしを発見することによって現れたのだと、あるいはわたしが現れたことによってそれを発見したのだとも。ときには涙を流してみせることもあります。それは嘘ではないと思う。

あなたは今まで女のなかで射精をしたことがないという。いつも袋の先端のなかに。あるいは女の体の表面に。それも嘘ではないと思う。それは快であっても不快であっても間違いでも間違いでなくても、とにかく前方へと進んでゆく権利をいつも予め奪われた射精であったこと、ささいな変革の予兆すら与えてもらうことのなかった射精であったこと、それも嘘ではないと思う。それはしめった紙にくるまれて屑入れのなかに捨てられるものであっただろうし、白々しい固まりになって、乾いて無関心に剝がれ落ちて、あるいはゆるみをもったまま排水口に流されてゆくだけのものでしかなかったのは、嘘ではないと思います。

今夜、強い風が吹いて、窓が鈍い音を立てながら、嵐が近づいているのだと、点けたままになっているテレビは音がしないまま天気図を映し出しているのが白い線に囲まれて、暗い部屋の中で青くぼんやりと目だっていて、わたしとあなたはとても丁寧に時間をかけて性交をしていました。雨の音が激しくなったり弱まったりしているのが少し突き出た屋根の部分やベランダの手すりを打ちます。冗談みたいな音が連なって、それからいっせいに攻撃されるような雨音がかたまって落ちてくるのが聴こえると、あなたの肩甲骨の輪郭をつかんでいる両腕から反射的に力が抜けて、するとあなたはそのだらりとした手首をつかんで、わたしの頭のうえに交差させるようにして押さえながら、ねえ、今日は本当に我慢ができない、我慢をしたくないのだといい、苦しそうに息をしながら、わたしのなかに出してもいいかと小さな声でききました。あなたは怖がっているようでした。額とそのまわりの髪を汗で湿らせながら、その汗はやがて髪をつたいそれを小さな束にして、その先端から汗は粒になってすぐになくなってしまう印をわたしの頬にたくさんつけた。そしてわたしの了解を得たあなたは、わたしのなかに完全な射精をしました。それはながくて強い射精でした。

　射精が続くあいだわたしは目を見ひらいてあなたの顔を見ていました。皺がよるほど目をつむって、それから口元がゆるんで唇が少しだけ開いて声が漏れた。あなたの体は震えていました。大きく小刻みに動かしていた腰がぶるりと波うってわたしの股関節の限界まで左足をひらいて、倒して、それからあなたの右手はその足首をつかんで、湿った鎖骨がわたしの胸に押しつけられて精液が押し出されるたびにわたしの膣の入り口からずっと奥のほうにある小さな穴は、それを懸命にのみ込んだのです。うんとしばらくしてからあなたは、これがきっと本当の性交だと思う、というようなことを小さな声で云いました。その後ろで雨の音が弱くなって、暗いのにあなたの頬が紅潮しているのがお昼間のなかで見るようにはっきりとわかった。その顔を触る気にはならず胸に頭をおくと、あなたの皮膚は汗が冷えて冷たくなっていて、顔で触りながらこの奥はどうなっているのだろうとわたしは思う、この皮膚のしたにある肉はどれくらいの熱を持っているのだろうとわたしは思う、そこにある熱の量を知ろうとすればいったいわたしはわたしのどこを使って、どうやってそれを許ればいいんだろう、しかし、本当は、そこに熱がちゃんとあるのだとしても、たったこの時にこの冷えた皮膚に触ることしかわたしにはできないのならあなたの体は、すべて、冷えているということになるのでしょう。それからあなたはとても満たされた湿り気をわたしにやわらかいかたまりで移しながら、もう一度、これが本当の性交だと思うんだよと、小さな声でやさしく云ってわたしをとてもやさしく抱きしめたりするのです。わたしは目を閉じてうなづいて返事をして、それから少し眠ったふりをしました。それから瞼のしたで眼球が動くのを見て、あなたが眠ったのを確かめてからベッドの脇にまとめてあった服をばらしてそれらを着て、携帯電話だけを持って表へ出ます。

記述

雨の中を歩いて電話はあなたにかけた。雨に起伏があったのでそれを避けられる場所を見つけてもたれながら耳にあてて数回呼び出し音が鳴っても出ないので一度切って、今度はもっと大きい音のする家の電話へかけました。数回鳴ってあなたが出た。どうしたの。帰っちゃったの。ううん。近くからかけてるの。なんで。なんでも。どうしたの。なんかあったの？　何もないわよ。電話だと顔が見えないし触れないしここには言葉しかないから電話で話がしたいのよ。なんで。なんでばっかり訊かないで。慣れてるくせに。わたしがこうして電話をかけてくることに慣れてるくせに。あの話がしたいのよ。なんでいつも顔を見ながらだとできないの。なんで一緒にいるときには無理で電話だといつもこういうことになるの。わたしは、言葉だけで話がしたいのよ。純粋に言葉だけの作用で、音と意味とだけで発揮される言葉での話をほかのもので邪魔されながら話をするのが厭なのよ。だからいつも電話で話がしたいの。

　結局いつも同じ話になっちゃうんだけれどあなたはわたしにまだ云ってないことがあると思うのよ。どうしてもあると思ってしまえるのよあの女の人のことで。もう、ないよ。ないの？　ないよ。誓っていえるの。誓うって、何に誓うのかわからないけれどでも誓えるよ。そうなの。なに。なにもないの。なにもないのよ。あなたは一年間その女の人と性交したんだったわよね。性交だけをしたんだったよね。熱心に。執心して。それは一緒にどこかに出かけたり何かを見たり楽しんだりするところから湧きあがってくる性交じゃなくてただ性交するだけの性交というか、そういう女の人だったんだよね。そういう契約っていうか、お互いの趣味と実利が一致してそれをただただ試してみるだけの一年間だったたって。多くて週に一度。だいたいが二週間に一度。もっとだっけ。色々を試して試しつくして、それだけのそういう性交だったたってあなたは云うけど、ねえ待って。僕も何回も同じこと云うけれどそれはもう全部終わったことなんだよ。きみがこうやって過去のことをとても気にする性格だということは充分わかってるしそれを否定するつもりもないけれど、なんでせっかく二人でいるのになんでこんな話を、しかも電話で、一緒にいたのにわざわざ離れてまでこんなことしなくちゃいけないのかな。何もそんなことしなくちゃならないってことはないのよ。ただわたしがしたいだけなの。厭なら電話を切ってもいいわよ。なんだよそれ。切ったら帰ってくるの。わからない。なんだよそれ。これをあなたはありふれた、入り組んだ、単なる嫉妬だとかそういう風に思うかしら。わからない。そういうんじゃないとは思うけど。じゃあ何だと思うの。だから僕にはよくわからないけど、もっと複雑な、複雑なものだっていうの。僕のことでないからそれはわからないけれど。誰のものでもわからないわよ。わたしにもわからない。けれどわかってることもあるの。あなたのいないときにこそあなたは現れて、あなたの顔が見えないときにあなたの言葉が膨らんでわたしはあなたをこの方法でのみあなたを知るために調べまくりたいと思ってしまうのあなたとの性交のあとにはいつも。

きみは僕を知りたいの。それとも僕を調べたいの。何を調べたいの。僕の何が知りたいの。たくさんあるうちのたとえばひとつは、その一年間性交のその女の名前が知りたい……それを訊いて何になるの。何かにならなきゃ訊いてはいけないことになるの。忘れたよ。忘れた？　忘れたんだよ。何を云ってるの？　それ正気で云ってるの？　正気って、正気だよ。あなたそんなもの忘れるわけないでしょう。一年間性交の記号をあなた忘れるわけがないでしょう。そんな性交を忘れるわけがないでしょう。わたしのこの問いに向かって正確にまでとは云わなくても誠実に答える気があるんなら忘れたではなくて忘れたいんだという表現になるでしょう。なんでそんな下らない見えすいた人を貶めるようなどうでもいいような安っぽい嘘をつくのよ。嘘なんかついてない。忘れているわけがないでしょう。あなたの頭の中にその名前はちゃんとあるでしょう。なんでそんな嘘をつくのよ。確かに忘れてはいないけれども、嘘とかそういうもんじゃないってことはきみもよくわかるだろう。云いたくないし、口にするのにも意味はないし、それにそれはいくら僕に関係することだとはいってもその名前を所有している僕すらもう過去のものというか、もうそんな情報すらきみに与えたくないんだ。なぜならばそれは馬鹿馬鹿しいことだからだ。単にそれは過去に性交をしたというだけの女の名前だからだ。でもそれはただの性交じゃないでしょう。一年間もあなたがたは性交だけを目的として性交のために約束を重ねて性交のために体を使ったんでしょう。すごいことよ、それは。

そういうことじゃないよ。だってあなたは、わたしとするようなことはその女とはしたことがないといつもはっきり云うじゃないの。美味しいものを食べさせたいと思うこともなければ送っていくこともないし、それに性交が終わったあとにはいつも死にたいくらいに落ち込んだんだってあなたはいつでも云うじゃない。なのに一年間もそれが続くなんて、すさまじいことじゃないの。だからきみとの関係とはまったく逆の関係だったって、そう云ってるんじゃないか。関係なんて言葉を使わないで性交という言葉を使ってよ。それにわたし、そんなことは信用しないわよ。わたしとしたことの逆？　人間がすることにそんなに多様性はそもそもないのよ。それにすることは性交よ。どんな趣味があろうとどんな一致があろうとそんなものすべてちょっとした組み合わせの問題でしかないし相手が変わったとしても基本的な運動や類型をそう簡単に翻すことなんてできないのだから。いとしいと思うような気持ちはなかった、本当に都合のいい関係だった、夜の十一時ごろに来てそれから性交だけをしてあなたは眠って、眠っているうちに女は会社に出かける、それだけの時間のことだから性交以外のことをする余裕も気持ちもなかったんだ、あんなものは本当につまらないことなんだ、意味のない性交なんだってあなたは云うけれど、それでも懲りずに一年間もおなじ相手と飽きもせず性交ができたのはなぜよ。結局あなたがたは何回したの。契約だったんでしょ。金銭の発生しないそれは契約だったんでしょ。あなたには試してみたいことが前もってあって、知り合いの紹介か何かで知り合った女がそのあなたの試してみたいことをとても試してもらいたい、そんなすてきな一致があったのでしょう。どう、それは嬉しかった？　どうだった？　そしてその女は、それまでにもあなたでない他の誰かからも、同じような技術を受け取ってるようなそんな女だったのでしょう。あるいは専門的に。契約的に。あなたに聞いたことは全部覚えてるわ。あなたがその女にしたことやあなたがされたことは全部覚えてるのよあなたが喋ったことは全部。わたしがこんなことにこんなに執着をすることを知らなかったからわたしと性交しはじめの頃あなたはわたしにも何もかもを話したわね。わたし何でも覚えてるのよ。わたしわかるのよ。あなたがたは試しあって実験をするように一年間性交をしたのだってあなたは云ったわよね。まるで見たように云うんだね。見てないから云えるのよ。なんだよそれ。一年間性交の相手の名前を云いなさい。そんなこと聞いてどうするんだよ。どうもしないわよ。ねえ、そんなことに何の意味もないんだよ。どうしてだよ。どうして今一緒に、僕らは一緒にいるのに、そんな過去のことをきみが気にしてこんなことにならなきゃいけないんだ？　僕には理解できないよ。過去。そう、過去のことなんだ。でもあなたの性交でしょう。あなたがつい半年前までしていた一年間性交のことがそんなにはっきり過去のことだとわたしに突きつけることのできる根拠はどこにあるの。じゃあきみには過去はないっていうの。ええ、こんなもの全部ひとつづきの得体の知れないものなのだもの。それは単に表現の仕方が違うだけで、きみにも、僕がこうやって過去だというふうに、苦し紛れに主張している具体がきっとあるはずなんだ。なあ、言葉じりを捉えてこんなふうになるのはやめよう、過去という言葉が厭ならそんな言葉は使わなくてもいい、こんなことにとらわれるのはやめよう。いったいどうしてきみは僕から離れたときに限っていつもいつもこの話を持ち出すんだ。どうして僕と一緒にいるときは、この話どころか、きみはろくに話さないじゃないか、それが厭だっていってるんじゃないんだ、けれどただ、僕の不在を狙って、あるいは僕の不在を作り上げて、どうしていつもそこからこの話をするんだ。僕はきみを愛しているとこんなにはっきりと云ってるのに、こんなに本当に思っているのに、僕が、今きみとしている性交はほかのどの女とした性交ともまったく別のものだ。別の性交なんだよ。だからきみがそれを、わかってるわよそんなこと。わたしはあの女みたいにあなたとなんにせよ、どんな形の契約であれ、していないもの。都合もよくないもの。それにあなたにはそのとき、その一年間性交を繰り返してるときにもちゃんと付き合っている別の女がいたのだったわよね、そのこともちゃんとわかったうえでそれでもなお性交だけをあなたの家にしにくるようなそんな女とするような性交をわたしはした覚えがないもの。それともわたしにした覚えがあるの？　そうよあるのよ。そんなに何かが変わるわけがないのよ。あなたがそれはまったくの別のものだって言葉で補えば補うほどわたしにはわたしとその女とあなたとの性交の交わるところが珍しくもない生地の模様みたいに飛び出てひらひらしてそれがわたしの鼻と喉を行ったり来たりするのが見えるわ。それに――そのちゃんとした女のほうも、一年間性交女のことを知ってても知らないふりをしてやってのけたのでしょう？　それをあなたはいったいどう思っていたの？　その仕打ちを、その狡さと賢さをあなたはどんな風に了解してそこからどんな意味を引きずり出していたの。なんだったの。一年間性交女、はあなたとその、ちゃんと女、の間にある何かよくわからないようなここにもある契約……の結び目のことは知りながらそれを承知で、あなたの家に一年間性交をするためだけにやってくる。どうなってるの？　ねえ、そういうのってどういうことをするのに似てるの？　説明できる？　何に似てるの。あなたがたは三人でそこでいったい本当は何をしていたの？　何をしていたことになるの？　そして延々と全方位に膨張していくこの瞬間に、そのちゃんと女がわたしに変わったというだけで、今度のこの三人は引き続きいったい何をしているということになるのよ、わたしとあなたと一年間性交女はいったい何をしているの、きみそれはおかしいよ。きみのそれは、おかしいよ、どう考えたっておかしい、ここには今僕ときみのふたりしかいないのだし、僕ら以外に誰もいないんだ、今、電話でこうして話しているのは紛れもなく僕ときみの二人であってそれ以外ではないのだからお願いだからそんなふうに攻撃をするのはやめてほしい。攻撃？　攻撃ってなにの。あなたはときどき意味の通らないことをいうのね、それにわたし思うんだけど、一年間純粋に性交だけを、純粋にすることはわたしそもそも不可能だと思うのよ。連続する性交は十分に情緒的なものを孕みます。情緒を。ねえ、情緒って知ってる？　あなたが一年間性交女との性交において情緒そのものを射精してその場所が別に女の腹の中でなくたってそんなものはどこにだって植えつけられるものなのだから、そこには情緒の孕みはどうやったって萌芽してそれはあなたにも見えるしその女の目にも見えるしあなたがたはそうやって契約のうえでは都合のいいだけの性交をしながらあなたがたが原因と結果である情緒の生成を見つめることになるわけで、そしてこのわたしにもその情緒の孕みがこんなに鮮やかにこんなに色濃く生々しく発見できるのだからあなたがたの連続した一年間性交が情緒を介在させずについぞ存在するということはなかったという当たり前のことをあなたはあなたの何もかもで知っているくせに、わたしとのこの最新の性交をそこから特化するために、あなたの安堵を正当化するために、あなたのさっきの射精の感受のために、そしてわたしを騙して、騙された瞬間わたしを全部うっちゃってしまいたいがために、あなたは一年間性交女と確かに観察した情緒の生成すら隠蔽するような卑怯な真似をしているのよ言葉によって。溜息によって。わたしへのあの射精によって。ねえ性交はね、性交って情緒的にならざるを得ないものだと思うのよ。どんなに言葉で事前にいい含めてあっても、どんなに冷徹な前提がそこにそびえていても一年間情緒なしに性交を続けることなんてできないと思うのよ。あなたはわたしに何故、告白をしないの。我々は、性交だけの関係でなかったと、何故あなたはわたしに告白しないの。何故あなたはわたしに告白をしないの。わたしを含めた我々はわたしのいう情緒をともなう性交を今もって続行しているのだと、何故あなたはわたしに告白をしないの！　どうして！

どうしてきみはその女のことだけにそんなに固執するんだ、その女よりもっと自覚的に情緒をもって性交した女もいるし長く付き合った女もいるじゃないか。その話もしたことあるじゃないか。なぜその性交だけの女がきみの中に立ち現れてくるんだ、きみの云い方を借りればその、ちゃんとした女のほう——その、性交だけの付き合いだった女と同時期にちゃんと付き合っていた女にはきみは実際会ったことも食事をしたこともあるじゃないか。より実体があるじゃないか。しかもきみが気にもかけないその女とは六年も一緒にいたんだよ。そこにはきみが固執している情緒というものがはるかにあったはずだよ。なのにきみは何故それは無視してその性交だけの相手との関係にだけ絡んでくるんだ。僕にはわからないよ。僕にはわからないよ。関係という言葉を使うなと云ったでしょう。あなたとそのちゃんと女との間にあった性交なんてその辺のどこにでもあるしそんなものはただの凡庸な、替えの利く、誰にでも手に取れる形の、素材になる、安易な、単なる消費物にすぎないものに、なぜ、わたしが固執しなければならない理由を云えるなら云ってみてよ。あなたはなんにもわ

かってないのね。あなたは本当になんにもわかってないのね。きみはなにを云ってるんだ、
　じゃああなたその一年間性交女の名前をわたしにまだ云えないでいるのは何故なの。云いたくないのは何故なの。忘れたなんてやすい応答が咄嗟に吐いて出てくるのはどうしてなの。どうしてあなたの頭の中にはある名前をわたしの頭の中に移動させることを拒否するの。あなたの頭の中にある、あるひとつの性交の名前がわたしの頭の中にないということ、これがどんなにそれ自体を問題に仕立て上げているのかわからないの？　わからないからあなたはいつまでもどこまでも卑怯であなたの頭の中だけにはその性交の名前が完全に保存された形でそこに静置されてるっていうのにその性交の名前がわたしの頭の中にはないなんて、ああわたしはあなたとこんなにも性交をしているというのに！　あなたはそうすることによって幾度となくどれだけ激しくわたしを組み込みながらわたしを徹底的に傷つけているのかということが本当にわからない、だからあなたはわたしと性交をするのだしこれからもわたしと性交をし続けるのだ

し、わたしを傷つけているということがあなたには性交を続ける限りにおいてわかることはないのだから、あなたはその性交の名前を忘れることはないし、あなたの口からあなたの口からあなたの口から、言葉が出ることによってあらゆる言葉はわたしにおいてはやっと、やっとその足で立ち上がるものなのに、なのに！　その名前があなたの口から、言葉としてのその名前が、わたしに与えられるまではわたしはその性交をわたしの性交の中から取り出してそれに唾棄することもできないのだから、そのようにしてわたしがあなたがたの性交の中であなたと性交している限りにおいてはわたしはあなたがたの性交から逃れることはできないし、我々はこのように、このようにして！　三人でこの性交を続けていくしかない！　わたしがこうとしか感じられない永遠に続くこのあいだは、あなたもまた、あの性交とこの性交の両方から逃れることはできないということ、これからも三人で性交を続けなければならない、さあ！　いますぐ性交の名前を、いますぐに性交の名前を告白しなさい！　あなたは、きみは、きみは、聴いてくれ、きみにはまったく興味のないことかも知れないけれど、きみはいったい今、誰と話をしているんだ、こうなったときいつも云うけれど、きみは、僕に電話をかけて言葉で僕に話しているけれど、君がいうあなたというその言葉の中のどこを見ても僕はいないし、きみのいう性交の中にも僕はいないし、きみが僕の性交について話していると思っているその話の中には、僕の性交も、僕も、どこにもそんなものはないじゃないか、いつも、ねえ、僕はどこにもいないじゃないか、きみの話す僕なんかきみのどこにもいないじゃないか、どうして僕を、僕を消してしまうんだよ、僕は、僕はきみにお願いがあるよ、馬鹿馬鹿しいと思うかもしれないけれど、僕はきみにお願いがあるよ、ねえ、それは簡単なことかどうなのかわからないけど、僕は、きみに、僕の顔をみてほしいよ、こうなったときに、僕の体をみてほしいよ、こんなふうに僕と離れて電話をかけたりしないでほしいよ、きみがこんなふうに決まって電話の中で知りたいというその僕の中にこれまで僕がいたことはないし、きみが本当に、知りたいことは、こんな電話の中でのやりとりから見つけられるものじゃないと思うんだよ、言葉じゃないと思うんだよ、だからきみが言葉だけで僕と僕の性交について話したくなったときには、僕の顔を見てくれ、僕から逃げないで、体から逃げないでくれ、これまでの、こんなふうな、こんなふうにして僕の体から逃げていかないで、僕の顔を見ることなしに言葉だけで僕を、性交なしに性交を、そんなふうに摑まえようとするのは違うんだ、それは本当に悲しいことだ、それは、悲しいことだ、きみは、

厄介

わたしはあなたを知りたいと思う。あなたを知りまくりたいと思う。知れるところまで知りつくしてこれ以上は色々が逃げ込む余地のないところまで知りつくしたいと思ってしまう。あなたのことを思います。わたしはあなたのことを知りたいと何度もそのまま言葉にして思うけれど、知りたいということがいったいわたしの何を満たすことになっているのかも検証もなにもできていないのに知りたいという言葉だけではもうわたしはとりあえず次に進めないのです。

類似

いつものように電話を切って、しばらく立ったままいて、三度、電話の呼び出し音が鳴ったけれど出ないで、二つ折りにして、もう一度開けば画面が光り、何回もそれを繰り返しながらあなたの家の方へ歩きました。

雨はあがっていて、電線のたるんだところから雨の残りが滴っていた。手の中で消えたり光ったりする四角から、あなたの言葉が聴こえたり聴こえなかったりすることが、常にわたしの手の中で起こっていて、わたしの手の中には言葉と光が同時にあって、あなたの言葉がこうして届くときは、それはいつも光の中からのことである。あるいは手の中でなくても、言葉はいつも光と一緒にあるのだから、顔をあげてみれば雨のこまやかな粒子の震えの中に、信号機が赤く、青く、丁寧ににじみながら光っていて、少しずつ広がってゆこうとするその光の輪郭の成分を、くいいるように見つめながら、光がある、ここにも、あそこにも、と言葉にして、指を示して、見渡せば、冗談みたいにあきらかに、まったく、夜の中は光しかないのです。

夜は光で、わたしの知りたいと思うことも、そして知ることができるものは、おびただしい光に濡れながら発露してゆく言葉のほかにはなにもなく、生ぬるい全身を飲み込むような夜が発光する洪水の中で、夜には光と言葉しかない。

そして加わるおかしなこと、光あれ、言葉あり、光はあった、言葉もあった、に突かれるように足を一歩踏み出すたびに、例えばここから見えるこのすべてを、「過去」と名づける者でも、「今」と名づける者でも、ただただそれは無目的に広がり続けているものだとして「名づけようとしない」者にとっても、本当に知りたいものというのは、そもそも言葉の中やこんな夜の光の渦のどこを探しても探しても探してもないのだということ。

だとしたら、ここは何?

「われわれは不在のものを抱きしめるばかりでなく、かつて存在していたものをも、いまだ存在しないものをも抱きしめる」のだから、こんなことは生きているものなら誰にでもわかっていることなのだと思いながら、あらゆる濃紺の輝く空白に突き当たり、もう一度だけ顔をあげれば、そこには、光の中で視力がとらえる、あなたの顔も、あるのです。

夜の目硝子

　あんまりにも夜のような色のペン先を舐めて、舐めても舐めても、インクを舌のうえでどれだけ吸っても口は色づくことがないのできりがない、またも夜、窓を開けて眠ればドアとの一直線を結んで、風が絶えることなく吹き抜ける、壁があるのに、馬鹿みたい、部屋のなかを風がいつも吹いているなんて、馬鹿みたいだ、最近はこの風のせいで部屋がとても乾燥していて、乾燥が憂鬱を服用して粉になって迫ってくるので、少女のふたつの目は乾いてしまってしかたがない、ただでさえ小さな目に小さな硝子を入れているのに、そこにも風は吹きつけてゆくのだから、大切な少女の家計簿の詳細がうまく見えないときもある、困る、書きつけられた文字は水中のように震えるので、あらゆる発見が用心をかさねて去ってしまうまえに、少女は新しい目硝子を購入するために、バスを選んでバスに乗って、渋谷へでかける。

人はそれぞれのしたに頭蓋骨を持っていてそれは数えだすときりがない、きりがない、人は、だいたいがみな同じ形をしていて同じ具合で興奮し、同じようなものをカラフルに表出して、同じ具合に畳まれながら、眠るために帰っていく、安心と釈放、近しい形をしながらここではみんなてんでばらばらに動くので、少女はきっと身がまえてしまう、少女はポケットのなかの小さな家計簿をにぎりしめて、わたしだけは点でいたい、と叫んでしまいそうになるけれど、噛み逃がし、規則をやぶって束の間の幻滅を感じながら、なにものにも招かれていないことに足はめり込んでゆく思い、「みんな何に招待されているのだろう、そして何に似ているのだろう」

最近は非常に遅い朝か、非常に早い朝に蛍光さえ浮かんであれば特色だってできるのに、それはいつだって消極的な発光だった、黒目はどんどん薄くなり茶色へ変色し、白目部はどんどん膨らみ青くなり、この目の基本も応用も、少女は知らない、ただ気がつけば見えるものがあったので見えていたのでそれが続いているのに過ぎないことが、こんなに全部でありえることが、おかしいし、怖いし、でも少女は何が怖いのかがわからない、この広々感、この類似感、目に入れるための硝子の購入は、こんなときいつも厄介になる。

歩く道々に巨大な女たちが大きな声で笑っているのにぶつかって、ひとたまりもないとすくんでしまう、「そうかも知れない精神の分析！ そうだったかも知れない精神の分析！」膨大な女たちは足を打ちながら、ゆるめながら、それは合唱になってゆく、文字として飛んでくる声を少女はかわしながらそれでも足を繰り出さなければ約束の時間に遅れてしまう、遅れてしまえば目硝子を手に入れることができない、繰り出しながら、そういえば昨日の深夜はテレビをつけて、そこでも女が気長に大きく、目盛りを自由自在に置き去りにする歌唱をしていてそれを見たことを思い出す、少女は葱を刻みながらそれを見た、歌唱する女の股のしたあたりに歌唱している言葉が並んで、歌唱の口になぞられて、ここを歌っているのです、という合図が連なり、少女の包丁を持つ手も加速してゆく、移動するのはすべて心当たりのある言葉、こちらへ、あちらへ、誰にでもわかる意味が真珠のこまやかなネックレスのように連なって、耳の中へするすると降りて口を満たして、肺に届く、うっとりする包丁は葱をすっかり終えてしまって、それでもまな板を叩きつづけて、滑り込んで遠慮なくふくれあがってゆく恋愛の歌詞の連なりを、すてきなことだと思いもした、しかしそのすてきさを分解するための薬品がないので、少女は小さな空白に後頭部をひとくち食われた思いだった、それがきっかけで暗いところのすべてが見えて、はっと息をのみ、包丁は少女の手からほどかれて床に落ち、けれどもまっすぐに突き刺さるという完結もないのだから、それは単に恋愛が死んでゆく挨拶に様変わり。

すれ違う人々のなかを移動して、悲しさについて考える、かつて少女の母は少女に向かって云ったのだった、言葉というのは駄目なものだ、てんでからきし嘘のものだ、言葉というのは誰よりも他人だ、言葉をすてきなものと思ってしまえばとても苦しいことになる、言葉が抱けるものなんてこの世界の実はほんとはどこにもない、甘さも、青さも、悲しいも、この発音からそれが指し示そうとするものからどれくらい深く断絶されてあることか、そっぽを向かれているることか、それなのに甘さは甘さの響きのなかに、青さは青さの振動のなかに、悲しいは悲しいという文字のなかから金輪際でることをゆるされないこのことを、それを行使するおまえは立ち合ってそれについてどう思うのかを述べなさい。

「支持と同情のメモをありがとう！　ありがとう！」と大きな声で群集に呼びかける男がいて、その顔は興奮して赤くまだらになりながら、四角い車のうえからありったけ感で手を振っている、それを見上げる群集の顔もすべてが紅潮して拍手の波を頭にのせて突きあげて、手を振って、それからまた拍手をしては繰り返す、それから車のうえの男が白い手袋のなかのマイクに向かって叫ぶには、「出来事のこの記念碑は、午後八時の重大な言説にかかります！」続けて「夜の実行。よい取引。気のない握手はいやなのだ」群集はいよいよ熱狂し、少女はそのヴォリュームが目になだれ込んでこないように手をかざし、するとすっかり暗くなりはじめていることに気がついて、かけら状の憂鬱が背中にめりこむ、頬にめりこむ、少女はそれをひとつひとつ抜き捨てながら、「なんてことなの、さっき一日がようやく始まったことを確認したばかりなのに」

秋の日は釣瓶落とし、秋の日は釣瓶落とし、笑い顔のセイウチみたいな少年がすれ違いざまに少女の耳に滑り込む、いやだわ、こういうの、少女は頭を振ってやり過ごそうと試みる、はるか向こうには西の空、燃える空、黄昏王国、雲れびの登用、少女はもっと幼いころに、その全部を目に入れたことがある、飲み込んだことがある、押していた自転車が倒れ、スカートが固まり、そのとき立ちっぱなしの少女の体は見事に空を、発光していた、空を閉じ込め、空を再現、あのまま少女が動かずにいれたなら、役立つものにただただ印をつけてゆく、こんな毎日のむなしさが少女をつかまえることなどなかったはずなのに、黄昏は少女をすぎてしまった、そして次にやって来るものは。

少女にはまだ恋人と呼べるような関係がないので、姉の恋人だった少年のことを恋人という言葉は連れてくる、姉は吐くような角度でいつものペンをにぎって少年へ手紙を書いていた、同じことを何度でも書くのよ、何度でも書くの、そう云いながら姉は眠らずに手紙を書き続けるのだった、夜のなかを沈黙のなかを手紙はゆく、だから手紙は止めてはいけないの、手紙はわたしが書くんじゃないから、手紙をわたしは動かすだけなの、手紙が流れるのを流してやるだけ、紙のやってくる最大の起点、少女は、快調そのもの、魅了されての記述の方面、仕事を遂行する姉のまなざしを、賞賛すらしていいと思って眺めた、何よりも非常に愛していることがいつだってそれを。

目の検査、約束の五分前に少女は受付に立ちあがる、熊のような体の目医者が粘土のようなにぶい指先で少女の瞼を引っ繰り返す、涙がごぼごぼとあふれてても目医者は当然の顔をして、それを続ける、ぼやけた時計は四時をうって、目が開かない、目がつぶれたんではないかしら、涙があふれる、目が開かない、それでも医者は機械のうらから少女の目の内部、表面を念入りに覗いて、こそばゆい音をたてながら、異常なし、カルテに印をつけてゆく、その音はいつだって少女をそわそわさせる、そのそわそわが発酵するのを待っていると目医者は毛むくじゃらの指を立てて、これがあなたの硝子、これがあなたの小さな目、円形の、薄く色がついています、これで輪郭がふたたび生まれ変わります、大事にね、転ばぬようにお大事に。

さあ案内しましょうと女が云う、受付の女は飴玉みたいなイヤリングをつけている、それが外れかかっている、耳たぶが垂れきっている、女はおかまいなしに、さあその硝子をあなたの目のなかに入れて、さあ、あたしの顔が見えるでしょう、と暖めた蜂蜜みたいな調子で云う、入れて、入れて、入れてみせて、しかし少女はまだ代金を払っていないのでそれを丁寧に断る、少女はすべてにおいて完璧な目硝子のできあがりを待つのだった、ビニルか革かその中間かの材質のベンチに座って、読み捨ての、くしゃくしゃになった新聞を開こう、名前を呼ばれるまでには時間がありそう、開けばそこには大きな写真があって、姉がよくしていたみたいに数分くらいなら入れそう、なので肩からつるりと入ってみれば、黒に近い深緑の、生き物のような呼吸を繰り返す森がぽんと膨らみ、その足元には数え切れないチューリップが茂っている、どれも花部が地面に垂れて背が曲がり、苦しいみたいだ、眠っているみたいだ、それを正すような足跡が一直線に続いてる、誰か来たの、誰かゆくの、少女はまだよく見えない目でうっとりしながらいつもより記録に近くなってゆく。

少女自身の収集、少女自身の起毛、少女自身の記載、渋谷にはどれだけ歩いても下りたい丘というものがない。

かつて少女の姉は苺を食べた、よく食べた、唇のはしから果汁がにじんで、人間の名づけから排除されたこの文字の由緒を口に入れて、よく噛みながら飲み込みながら姉が高らかに歌うように述べるには、「苺はバラ科、バラ科の草本、あるいは少なく、とっても低い木、苺はオランダと蛇と木と夏の子どものたったひとつの大きな名前」

少女は名前を呼ばれて、ふたたびベンチに戻ってくる、女はきらきらした指先で、はいこれです、あなたの硝子は今日からこれです、十時間を超えて入れておくと目が壊れてしまうのでくれぐれもご注意くださいね、しかも硝子は割れますからね、しかし硝子は割れるのがいいのです、少女はさっそく小さな硝子を目に入れる、とたんに輪郭が湧きあがり境目が少女を抱擁しにかかるので、少女はうんと背伸びをして受付の女の肩に手をおいて、駅前の車の男の調子を真似て「ありがとう！」を棒のように九回、まっすぐ繰り返す。

秋の日は釣瓶落とし、気味よく夜をゆく少女の耳元で声がするので立ち止まってこんこんとこめかみを打てば、さっきのセイウチ顔少年が落ちてきた、いやだ、あなたまだ入ったままだったの、あのね、もう真っ暗でしょ、あなたに云われなくても釣瓶はすっかり落ちました、落ちましたから明日へ行ってね、少女はしゃがんでゆっくり少年に云ってやる、少年はにやにや笑って、それから青ざめた頰を夜にゆらして、落ちたって、だったらどこに落ちたっていうんですか、少年の声は粉みじんが塗装された家具みたい、あるいは植木鉢に生えた産毛のように震えてる。

大衆的なテントを背負い込みながらまんべんなく少女やほかの人間と同じように夜をゆく老婆と目が合い、かつてそこにあった鈍い炎の美しい裏面が少女の目に飛び込もうとするので、そこから掻きむしろうとしたときに、黒いコートを羽織った青年がやってきて声をかけた、さっそうと、鮮やかに、ひるがえりながら、「今日からは、君らのことがよく見える、すべてのものが流れていて、君らがとても親密な間柄だっていうことも、今日からはとてもよく見える」

用事を果たした少女のはずが、その青年の顔が姉のかつての恋人であったためにすべてが瞬く間にかき混ぜられてしまう、あっ、とした瞬間に、少女は家計簿をなくしてしまっていることに気がつく、夜、および二番目までに、という副題のついたそれを落としてしまったことに気がついてしまう、バスを待つ人々の足を縫って、いたるところに目を落とす、はいつくばって探しても、しかしそれはもう戻ってこない、とても個人的な、連絡的な、多愛的な家計簿から少女は警告されます、誰か拾って、誰も拾わないで、「世界のみずみずしい輪郭にうぬぼれたお返しに、さようなら」

雨が降っているということも、また降っていたということもないのに、首を折り曲げながら悲しい気持ちでしかたなく乗り込んだバスの椅子に身を沈めて夜をのぞけば、乾燥は散り、すっかり洗いながされて、有るも、無いも、めいめいが渾身の力で濡れだしている、ひかりだしている、ああ、これではまるで輝いているみたいだ、まるで、きれいみたいだ、少女は脈打ちながら、唇の上下はそっと離陸するように離れてゆく、そこから、熱い息が滑りでる、うるさいくらいに発光する最中をバスがひっそりとした乗客をのせて、音もなくその中央をやわらかく切りひらき、夜の内部へ進んでゆく、戻されてゆく、少女の目のなかの硝子は夜から夜を、閉じている夜を旅行するみたいにしっとりと吸いあげて、そうしながらまったくの夜を切りひらいてゆく、そこではまったくの満足、まったくの不満足、まったくの夜が耳もとでそっと快哉をささやく、そのぜんぶを目に入れられるだけ目に入れて、もうどこからもそれが出ないように、漏れないように、少女は完全に目を閉じて呼吸を止めれば、夜で満たされた少女の体はほんの少し膨らんで、誰にも気づかれない親密さでもって数センチだけひっそりとした夜の成分で浮かびあがり、夜をゆくバスのなか、その輪郭はうっすらと消えはじめる。

本書は、二〇〇八年一月、青土社より刊行された。

ちくま文庫

先端(せんたん)で、さすわ さされるわ そらええわ

二〇二一年四月十日　第一刷発行

著　者　川上未映子（かわかみ・みえこ）
発行者　喜入冬子
発行所　株式会社 筑摩書房
東京都台東区蔵前二―五―三　〒一一一―八七五五
電話番号　〇三―五六八七―二六〇一（代表）
装幀者　安野光雅
印刷所　凸版印刷株式会社
製本所　凸版印刷株式会社

ISBN978-4-480-43734-1　C0192